Seu Corpo Figurado

Douglas A. Martin

Seu Corpo Figurado

TRADUÇÃO
Daniel Galera

autêntica

© Douglas A. Martin, Reservados todos os direitos desta edição.
Reprodução proibida, mesmo parcialmente, sem autorização das editoras.

Esta publicação foi possível graças a um acordo feito
com a Nightboat Books, Callicoon, NY

TÍTULO ORIGINAL
Your Body Figured

TRADUÇÃO
Daniel Galera

COORDENAÇÃO EDITORIAL
Rachel Gontijo Araujo

PROJETO GRÁFICO DE CAPA E MIOLO
Retina78

EDITORAÇÃO ELETRÔNICA
Conrado Esteves

REVISÃO
Reinaldo Reis
Lira Córdova

Revisado conforme o Novo Acordo Ortográfico.

Todos os direitos reservados pela Autêntica Editora e A Bolha Editora. Nenhuma parte desta publicação poderá ser reproduzida, seja por meios mecânicos, eletrônicos, seja via cópia xerográfica, sem a autorização prévia das editoras.

AUTÊNTICA EDITORA LTDA.
Rua Aimorés, 981, 8º andar. Funcionários
30140-071 . Belo Horizonte . MG
Tel: (55 31) 3222 68 19
Televendas: 0800 283 13 22
www.autenticaeditora.com.br

A BOLHA EDITORA
Rua Orestes, 28 . Santo Cristo
20220-070 . Rio de Janeiro . RJ
contato@abolhaeditora.com.br
www.abolhaeditora.com.br

Dados Internacionais de Catalogação na Publicação (CIP)
(Câmara Brasileira do Livro, SP, Brasil)

Martin, Douglas A.
　　Seu corpo figurado / Douglas A. Martin ; tradução Daniel Galera. -- Belo Horizonte : Autêntica Editora ; Rio de Janeiro : A Bolha Editora, 2011.

　　Título original: Your body figured
　　ISBN 97885-7526-575-8 (Autêntica Editora)
　　ISBN 97885-64967-00-7 (A Bolha Editora)

　　1. Ficção norte-americana 2. Artistas 3. Ficção 4. História da Arte 5. Arte 6. Ficção Experimental I. Balthus II. Crane, Hart III. Bacon, Francis IV. Título.

11-09457　　　　　　　　　　　　　　　　　　　CDD-813

Índices para catálogo sistemático:
1. Ficção : Literatura norte-americana　813

Para Colm, que perguntou o que eu faria a seguir.

Sou portanto um ladrão... nascido para plagiar, imitar, atuar como um promotor de meus mestres. Roubo, tomo, até que a palavra "tomar" possa ser alterada: tomo a frente...

Catherine Clement,
The Weary Sons of Freud

Balthus

O problema de um grande poeta é esse.
É a história de como você se tornou quem era, de como leu esses reflexos para se encontrar. De como enrubescia quando coisas demais se juntavam de uma só vez, a ponto da sua mãe reparar.
Ela está caminhando ao redor do parque.
Está admirando os cisnes junto com Rilke.
Você está reparando na maneira como o lago alaga e traga os seus pés.
Você está ali na beira colhendo cardos ou coisa parecida com as mãos.
Algo desliza pela água e o sol oscila.
Algo começa a se realçar por dentro de você.
Mãe, olha o cisne, você quis dizer certa ocasião.
Você era mais jovem que o homem que a acompanhava e estava proibido de encostar.
Os cisnes do parque eram sujos.
Você estava recebendo uma bronca oportuna. Não encoste. Era preciso andar junto, sair de perto. Ficar parado diante dessa urgência ilícita.

Eis uma conclusão à qual é melhor se acostumar lentamente, o modo como um único cisne branco pode vir a ser uma chave. Como seria fácil se tornar aquela coisa.

Você avança num passo decidido, propenso.

Ela te segura pela mão enquanto outra coisa te segura pelo pé, gravidade.

Você ainda não está pronto para ir. Está lendo. Ela está vindo te buscar. Te puxando e empurrando até em casa. Você tropeça na tentativa de acompanhá-la, procurando não tirar os olhos do que vê atrás de você, o que agora se ilumina.

Um dia você seria como aquele cisne.

Seria alto daquele jeito, se moveria devagar e com grande firmeza, e um dia seria temido, um dia.

Embora naqueles dias você ainda fosse desajeitado.

Venha logo.

Ainda havia tudo aquilo ao redor para colorir.

Você não cederia a ela a última palavra.

Quando você era ainda menor, ela acabava te pegando no colo, tentava te carregar.

Aqui, dê a mão a ela.

˙Amanhã você voltaria.

A memória está enraizada, presa à terra naquele ponto exato, ligada a um lugar exato ali perto da água.

Você seria temido por tudo e todos, um dia.

Você ia mostrar para ela, aqui.

Ela fica olhando você andar.

Fica olhando você cair.

Você está arrastando os pés dentro d'água, de sapatos, e ela agarra o seu braço, te levanta de novo e a água escorre embaixo de você, fazendo ondular os seus reflexos, aqueles círculos que crescem e ondulam sempre para longe, o som do parque fluindo pelos seus ouvidos.

Agora talvez você esteja começando a entender que crescer não é nada mais do que ir embora sem fazer barulho, que você necessariamente viria a esquecer parte desses dias. É tornar-se o rei das próprias emoções, é toda a vida da pessoa até um determinado ponto se amansando.

Você era tudo.

Você leu sobre asas de cisne vermelhas.

Seu livro aberto deitado ao lado de um lago. Loas.

Você é um menino que estuda a própria imagem através de figuras de mito escolhidas, as que pensa que podem se parecer com você. Uma é Narciso.

Outra é Jacinto. Você estuda o sol por trás das mãos como campanários, encobrindo seus cílios escuros, as mãos erguidas primeiro como numa oração, depois mais abertas, a luz rajada.

Sua mãe caminha à frente ao lado do homem que chamam de Rilke. Não é o seu pai, mas serve, é melhor. Ele está junto dela.

Ele tenta não te tratar com superioridade.

Dizem que ele é um grande poeta. Ele acredita em você, também, como sua mãe acreditava, mesmo com tão pouca idade.

Ele é um grande homem.

Você vê a sua mãe encontrando abrigo nesse mito.

———

Depois ele chegará a dedicar obras a você, um ou dois poemas.

Ele os escreveu num ano em que você ainda o conhecia.

Nunca foram publicados em livro, um poema mais longo e outro mais curto.

É aquele mito que vem à mente dele com mais facilidade sempre que pensa em você, ele gosta de pensar em você como Narciso.

Você o observava, do outro lado do tapete, ou subindo e descendo pelas pedras do caminho na parte de fora do castelo em que você foi morar com ele e com a sua mãe, todos aqueles verões, verões de meditação sobre os mitos nos livros.

Talvez ele estivesse pensando em você.

Talvez você estivesse pensando nele, estudando por ele.

Ele tentava lentamente trazer o seu pai para dentro disso, aproximá-lo da descoberta de quem e o que você poderia se tornar um dia, e como.

Você podia acabar se tornando tanta coisa.

Ele está te propondo uma viagem.

Ele e a sua mãe acham que você deveria ir à Itália, para estudar quadros.

Por que não vai para o seu quarto ler. Dedique mais uma hora aos seus livros.

Sua data de nascimento aparece e desaparece, uma celebração problemática.

Rilke mudará a sua percepção disso tudo, do significado particular de ter nascido num ano bissexto, justamente naquele único dia a mais que demora a vir.

É um fato do qual ele poderia extrair algo mais poético.

Estão mudando de novo o seu nome.

Por que não vai ler um pouco no quarto, querido.

Você o observava, ele lendo sozinho, em silêncio, com a sua mãe em volta dele atrapalhando. Quando se dava conta, estava em cima do tapete, diante dele, vendo-o ocupado com alguma coisa, segurando a página entre os dedos.

É ele que deseja te ensinar a vestir o mito, ser o seu pai nesse sentido.

Você lia para se encontrar em algum lugar dentro de algum livro.

O brilho do seu rosto estará um pouco diferente quando você erguer os olhos.

Quanto mais reparavam em você, mais vermelho você ficava.

E ficava ainda mais vermelho se ele visse o quanto você detesteva vê-lo partir.

Você continua lendo como se nem percebesse que ele sai. Finge também que não se sente como uma menininha, às vezes, quando está perto dele.

...o dever para ele era ver-se.

Rilke, "Narciso [I]"

Você sabe que não devia sumir com as cartas de Rilke, mas não pôde evitar de começar a roubá-las. Não são endereçadas a você, mas é bom fazer de conta.

Ele te ensina a fazer mais de conta, a tentar enxergar mais sozinho. Quando ele está em casa com você e a sua mãe, você consegue ler por cima do ombro dele na poltrona.

Podiam ter te mostrado algo mais, aquelas cartas dele para ela.

Ele está lá fora catando gravetos.

Ele está lá com a sua mãe.

No lago do parque, os cisnes dão voltas e voltas.

Ele está te mostrando de que maneira se começa a abordar esse tempo que escapa, Rilke, de que maneira se projetar em algo, como aqueles cisnes, inaugura a tentativa de capturá-lo.

Você transforma bicos e juncos num borrão entre as mãos.

Suas mãos não podem evitar. Ainda não estão firmes. Você ainda não aprendeu a controlar as fronteiras fora do seu corpo. Segura esses pigmentos com as mãos, essas invenções da imaginação que escorregam para baixo da superfície e são absorvidas pela sua tela enquanto você tenta chamá-las de volta, enquanto caminha pelo parque.

O que emerge da superfície de tempos em tempos logo não passará de memória.

———

A vida está se abrindo a você. Você é um jovem aspirante a poeta. É um jovem pintor de paisagens variadas, de espaços amplos e ondulosos que você gostaria de dar a impressão de poder conter. Tudo que sabe até o momento é que pretende ser alguma espécie de andarilho. É tudo que sabe, no fundo.

Você dava voltas e voltas no circuito do parque.

Observava a grama, o modo como ela se vira no sol.

Por mais informal que seja, você está longe de casa no que não deixa de ser uma escola, estudando os mestres nos museus, criando um método próprio de educação sólida, edificado por você mesmo. Você tomaria o cuidado de complementar primeiro todos os valores de Rilke.

Você está escrevendo cartas para casa, erguendo os olhos de vez em quando para contemplar a água à sua frente, as ondinhas entrando e saindo, a vara envergada por cima das folhas.

As particularidades de um herói qualquer podem mudar, ainda que a capacidade de ater-se a uma visão de mundo, de fazer dessa visão o significado de uma existência, não importa quão sombria venha a ser a vida real, se mantenha firme.

Você vai adulterar essa imagem que ele pode ter colocado dentro de você, originalmente, inicialmente, aquela esquina de uma rua cotidiana, um começo e então uma virada, um ponto.

Você estava aprendendo como um detalhe podia ser submetido, pelas suas mãos, a um conjunto de focos mais preciso ou a obscuridades inéditas. Tudo dependeria de você agora, se uma percepção seria encoberta ou iluminada, o que você permitiria que vissem de você no futuro.

Ele escrevia sobre amor quando escreveu sobre partes de flores, de virilhas incandescentes onde queimam os genitais, nas palavras dele.

Você aprendia.

Subindo um pouco mais a mão por dentro da perna de outro, um menino na rua podia encontrar aquele lugar escondido em que ele talvez fosse diferente.

De estame em cima de estame, ele escreveu.

De tornar-se um cisne.

A existência era isso, alterações da luz ao redor de corpos.

Você mudaria a sua vida desse momento em diante para nunca mais ser sujeitado a algo parecido com essa guerra que se alastra pelo mundo todo. Aquilo não tem nada a ver com você, você deseja crer.

Você, a sua mãe e o seu irmão mais velho estão fugindo dela.

Torne-se outra pessoa, você diz a si mesmo, mas não quer perder-se completamente de vista. Ele não gostaria que você se perdesse completamente de vista, junto com os seus dons. Não refletir mais, se puder evitar, em sua mãe chorando em casa, às vezes até altas horas da noite.

Seu pai está em algum outro lugar.

Você conseguiria se retirar da vida e se tornar outra pessoa, caso tentasse, caso se concentrasse com força suficiente.

Estudar a maneira como os outros vão levando.

Estudar a maneira como ficam parados em pé na grama, sob o sol, a maneira como os homens se viram com as mãos nos bolsos traseiros e então colocam as mãos nas costas das mulheres. Você não seria tocado dessa maneira.

Você é um menino de catorze anos. Rilke te ama como se fosse o próprio filho. Ele ama todos, todos vocês, você e a sua mãe.

Que mitos te darão forma. Há meninos escolhidos, acolhidos por reis, inclusive pelo sol, repletos de qualidades, escolhidos por seus cabelos linhosos, por suas graças exclusivas.

Você é mais escuro, pergunta à sua mãe de onde você vem. Você não gostava da sonoridade do seu sobrenome. No seu quarto, você já começa a experimentar outros nomes.

Sinais particulares começam a te reduzir a algo único, você.

Seu irmão vai a Paris estudar. Rilke e a sua mãe te sugerem a Itália. Fora, distante, ninguém te conheceria. Ninguém para representar o mais sábio.

Você seguiria o conselho de um grande poeta.

E agora ele veio te erguer nos braços, te fazer cisne, um sentimento em cada um dos seus olhos, mais profundo, disfarçado.

———

Você esquadrinhando as cartas dele, cartas para a sua mãe, imaginando que eram endereçadas a você em algum nível. Você as lia em voz alta para si mesmo, se isolando em seu quarto. Seus lábios indo e voltando para dentro e para fora, acompanhando as linhas.

Linhas tremem nas suas mãos.

Seus lábios se movem ao ler, distúrbios na superfície.

Ali estava você agora, sozinho no quarto, diante do fogo. É o seu sangue incitado a palpitar. Escutando como às vezes ele podia soar como outra coisa dentro da sua cabeça, como água agitada.

Você aposta que ele está lá fora com a sua mãe, de novo, catando mais gravetos, ou diante de um fogo maior na sala de estar. Lê uma última carta antes de dormir.

Você sabe que ele costuma incluir uma ou duas linhas dedicadas a você.

Você procura essas linhas de novo.

Você observa a sua mãe se vestir, observa da porta, a luz escorrendo e empoçando a seu redor.

Vocês dois poderiam se sobrepor não de uma só maneira.

Você queria poder ter sido ela.

Você observa a sua mãe se vestir.

Ela vai sair.

Você tem lição de casa para fazer.

Pode ser que, quanto menos fatos haja, mais intacto você se enxergue.

Aqui eles se encontram diante de você, acasalando, um espelho, um casamento talvez num futuro distante, ou talvez somente a miragem de um habitual desde sempre.

Você observa a sua mãe tentando deixar espaço para que ele viva e trabalhe, um espaço no qual ele desejará ficar, estar.

Ela te chama e te faz desfilar na frente dele.

Você pensa pai quando ela te exige um cumprimento.

Como a sua mãe, você está começando a preferir o poeta que transforma a vida a seu redor, que disse ter vislumbrado até onde você poderia chegar um dia, caso tivesse mais apoio, tempo para se revelar, permitir desabrochar o que sua mente tem de único.

Sua sensibilidade tinha de ser desenvolvida.

Você precisa começar a tentar extrair um pouco mais, a colocar um pouco mais de si mesmo nesses rascunhos do parque, uma figura na escuridão.

Domingos, os andares dos casais passeando nos parques, agitando as águas por onde as mãos deslizam. Inquietantes, eles circulam em volta dos reflexos no laguinho. Um se move em direção ao outro. Um se torna o outro. Vai encontrá-los lá para ver como se aproximam, aos passos, de outros corpos, os olhos disparando ao redor, até sentirem que encontraram o lugar de parar. A existência era ver. São como as pessoas nos quadros. As maçãs do rosto ficam mais rígidas, lisas, banhadas em sombras. Chega um ponto em que o passado começa a se entregar. Ele não se juntará a eles. Como uma noiva ergue uma ponte na vida. Famílias ficam atrás em silêncio, em algum lugar, enquanto ele se esconde.

Uma distância se abre por dentro e começa a morar ali, se espalha entre nós e o mundo dentro de nós. A vida embutida em flores, refúgio encontrado nas meninas.

Ele levou a sua mãe embora.

É na Itália que você estava agora, uma outra cidade, afastado, debaixo das árvores.

Você estava estudando arte longe de casa.

O clima era frio naqueles dias ao ar livre. Você seguia o caminho de ladrilhos, vendo-os oscilar sob os pés. É o que acontece quando você mexe a cabeça para os lados ao caminhar. Você prossegue até chegar nos recônditos ainda mais frios de um museu.

Você é um menino com pernas que ficam cada vez mais longas com o passar dos dias, um dia após o outro. Está ali na sombra, subindo a escada de mármore, abrindo caminho aos poucos.

Você é um menino que será pintor, parando agora para esfriar um pouco, encostado na parede.

Ela escorrega em suas mãos, ainda um pouco molhadas da fonte na entrada.

Você desbrava a Itália.

Vê como ela poderia conter tantos ideais para você, essas ideias clássicas demarcadas nos prédios.

Você se dedicava aos esboços com a maior eficiência possível agora, apenas com um e outro toque pessoal aqui e ali. É aquele momento raro do início da sua vida, o porto seguro. No futuro você trabalharia para evocar essa época, com personagens um pouco diferentes, desenhando a partir de suas outras telas, suas repetições.

Com que simplicidade, com que jeito as meninas vão passando. Escorregam, dão as mãos, se amontoando em rodopios de branco, as saias na altura dos joelhos. Uma outra segura a mão dessa outra, puxa aquela outra contra si. São ágeis, prodígios flanando de meias azul-marinho compridas.

Um ponto ali, logo abaixo, chama a sua atenção. Um pouco mais ao alto fica a linha da bainha, e o sol fulgura e balança ao bater nela. Você e o sol são uma só coisa.

Veja como a luz meneia pelas dobras e começa a florir por cima das saias religiosas, se abrindo para encobri-las.

Você deita de novo a cabeça na grama, entrando e saindo dos sonhos, encara o céu piscando os olhos, filtrando em meio à névoa um avanço de coxas aloiradas, jovens, agora estanques.

Ele fará um comentário sobre como você cresceu, quando você for para casa.

Em pensamento, você descansa lá no castelo com ele, vocês dois, sua mãe tentando oferecer a Rilke todo o espaço que ele precisa para que as coisas lhe ocorram naturalmente, embora não raro ele seja exigente demais.

Ele quer visões cada vez melhores.

Você avança, prende o foco, no museu, nas mulheres que sentem que se encontraram diante de um quadro, que acreditam que uma semelhança foi capturada ali.

Equilíbrio.

Você retorna e se afasta até uma parede, no canto mais afastado do museu. Imagina as saias pretas indo ao chão, o mais íngreme dos penhascos a escalar. Você poderia capturar o drapejo da luz, a dobra de uma textura, uma vida em um momento que reflui na floração seguinte.

Talvez você se adapte a elas, meninas e mais meninas saindo da escola.

Às suas inquietações, elas oporiam um descaso despreocupado por toda espécie de aprendizado formal.

Você deve ser insubstancial como um oásis, situado ali no meio do nada. Está de volta ao deserto dos seus livros, as ruas da sua infância, quando o poeta continuava lá, conferindo por cima do seu ombro, te dando cada vez mais assunto para pensar.

Você está vendo as meninas ficarem de ponta-cabeça, os sapatos apalpando o ar, os cabelos se arrastando pelo chão. Viram cambalhotas e dão risada. Os movimentos de suas saias de tricô são como borrachas que clareiam e limpam a sua mente, o céu, num azul mais levemente definido. Elas são como você deve ter sido até a primeira vez que se perdeu de vista.

―――

Talvez Rilke estivesse falando disso ao dizer que você podia fugir com os seus próprios pensamentos para um lugar onde ninguém saberia muito bem como te seguir. Você está deitado sob uma profusão de limeiras. Na Itália, elas criam uma abóboda sobre a sua cabeça. A sombra delas passa voando pela sua barriga, deixando você metade aqui na luz e metade nas sombras, entre aqui e um outro lugar.

Pense em si mesmo crescendo onde é transplantado, sendo apenas semente.

Pense nas raízes que descem abrindo caminho até a greda nutritiva abaixo. Você arranca punhados de brotos. Arremessa raízes em direção ao lugar onde céu e mar se encontram, em direção à eternidade.

Você não quer se ver como menino, um menino qualquer, então segue em frente, peneirando o chão sob os seus pés, pensamentos se refazendo.

As meninas aqui são jovens demais para serem mães. Correm ao encontro da família em casa, quando o dia termina, no encerramento, ao encontro de mães que se enxergam na primavera da vida de suas meninas.

Nos parques, os pais as puxam pelas mãos. Se ainda mal sabem caminhar, podem ser erguidas e colocadas nos ombros.

Você tem o nariz da sua mãe, você sente ali na beira do laguinho.

Tudo poderia tomar outra direção.

Sua mãe continuava lá com ele, longe com ele. Um dia ele abandonará vocês dois.

A obra de um grande poeta estava pelo mundo afora, procurar palavras para plantar, enraizar as mais fugidias, às vezes escolhendo alguma por seu talento especial para ser perdida, compor o seu rastro, como as muitas pedras em que se pode pisar para traçar um caminho.

———

Fazia frio aquele dia, nas montanhas, quando você avançava sorrateiro na direção da vazante de uma existência.

A multidão se espalhou por toda parte e mais tarde você pode ter sido deixado a sós, finalmente, no quarto de solteiro dele, em meio à coleção de bicos de tinta, alguns danificados, organizados, meio ao acaso.

Você sabe que haverá flores ao redor do local onde o corpo dele foi rebaixado, abandonado à própria sorte, sob o solo, ou pelo menos é nisso que pretende seguir acreditando.

Sua mãe sempre quis acreditar que ele ainda voltaria um dia.

Ele esteve ao lado dela por um tempo, até desembocar na sua morte, numa cama onde conseguiu reunir coragem suficiente para se sacudir uma vez, perturbando a luz que investia em sua sombra, se encompridando.

O suor salgava sua pele enquanto na rua caíam as últimas folhas, pérolas no crepúsculo e depois cinzas.

Seu rosto se escondeu embaixo d'água numa pia no canto.

Vão enterrá-lo na neve e nas rochas.

Você gostaria de pensar que teve a capacidade de permanecer ali parado, de ver cada última gota da vida dele ir embora.

Vão enterrá-lo num buraco que está à sua espera.

———

Quando Rilke morre, as coisas vêm à luz.

No seu quarto, você mistura cores na paleta, se aprofundando cada vez mais no seu trabalho.

Percebe que um verde pode virar uma ameaça, percebe como as montanhas agora se diluem um pouco no primeiro plano, amarelo.

Percebe como pensa nele enquanto pinta, acumulando os traços, os nomes para isso, isso aqui.

Está sentindo a mistura dessas coisas contraditórias e escolhidas.

Erguendo os braços, aceitando o movimento.

Sente como o chão se move novamente, lá em cima no seu quarto, as coisas à sua frente girando e se afastando um pouco, ganhando claridade, claramente aqui, enquanto você se concentra nas beiradas.

Você pinta somente o drapeado do lençol, pinta investindo toda a concentração dos seus sentimentos. Você ainda é jovem. Ainda tem todo o tempo do mundo.

Quando pensa em palavras como pai, o que você sente por dentro ganha forma mais rápido, e quase sempre com melhores resultados.

Rilke nunca investia acusações contra os temas de sua escolha, apenas te encorajava. Ele era um grande poeta, batizado em homenagem a uma menina. A mãe dele o colocou nesse caminho, de certa forma.

Esses são alguns dos detalhes que compõem uma vida, acabam personificando uma figura. Você abre a mente para a tela. Pensa pai. Pensa em como Rilke desejava que você abrisse um espaço para si próprio.

Você deve ser.

Você deve estar se sentindo mais do que um filho nesse momento.

Sua mãe não está lá em cima, nas montanhas.

Você sofre a perda dele. Pensa no nome que ele tinha, Rainer. Repara nas plantas com suas sutis variações de tonalidade.

Pode não haver nada além dessas fases que passam.

Você se imagina colocando gatos na coleira, acorrentando esquilos. Evitar que essas coisas se afastem de você. Sentimentos devem ser afixados, enraizados. Você tenta achar sentimento na luz, acertar as linhas em torno do tempo.

O que brota então no seu coração não é a árvore dele, e sim a folhagem de seu corpo, que deve ter ao menos raspado de leve na sua testa durante alguma longa caminhada.

Você sente o fim dele contra a sua carne.
Lembra as mãos enquanto pinta.

Lembra como texturas lembram outros nomes. O que começa a bater dentro de você, a fluir com mais sentimento em seu sangue, se pondo agora próximo ao som dos pinceis úmidos, é a recordação de um dia não ter precisado de explicações adicionais.

 Não há nome para isso. Você já foi alguém, alguém para ele. Você já foi um menino alto que ele julgava não caber no próprio corpo.

———

Você ainda não tinha feito dezoito. Você se tornaria um grande pintor.

 Transformaria sua vida, sua árvore familiar.

 Trabalharia numa única tela por um ano inteiro, penduraria na parede.

 O entusiasmo te amarrava, te impedia, antes que mais narrativa mergulhasse na tinta.

 Você se policiava.

 Algo era alcançado se você conseguia somente dar peso suficiente a um corpo. Uma pincelada te detém. A parte interna de uma coxa podia ser mais dedilhada à medida que a consciência entra e sai de foco.

 Você estava aprendendo a se tocar naquele quarto.

 Estava criando uma visão própria.

 As montanhas floresciam.

 Onde guardar a verdadeira face de Rilke. No meio das suas ideias e ideais, aquele quarto, aquelas montanhas, o castelo dele.

 Ele escreveu sobre vagar a esmo, dentre todas as glórias, de ser errante, de observar as ruas.

Escreveu sobre estar sozinho, te ensinou bem, enquanto figura paterna. Ele virá a encarnar diversas coisas. O que seria de você caso se permitisse ser ainda um menino.

Olhando no espelho, você já podia ser quase um homem.

Na tela, podia transformar o corpo que tinha diante de si no corpo de uma menina.

> ...*todos meus limites se precipitam além, / foram e mesmo agora lá estão.*
> Rilke

Uma força começava a te ocupar, correr por dentro de você.

Você vagava indo e vindo à margem d'água.

Anseios eclodiam, como deviam eclodir ao redor dele, e quem sabe ele teria notado.

Você recita os poemas dele para si mesmo, um que ele escreveu sobre praticar piano. Você pinta outros instrumentos. Em suas mãos, um simples alaúde se transforma no mais opulento violão.

Como caminham casualmente pelos parques, essas meninas com os pais.

Cave o próprio espaço, um espaço secreto, ele ensinou.

O que você poderia acabar guardando por trás do seu nome.

Elas continuam passando perto, alheias, seu desejo cada vez mais em querer estar dentro delas.

Pode ser que ele tenha visto isso em seu rosto, no modo como parou um dia e se virou para olhar para trás. Havia alguém logo atrás de você. Ele estava se apoiando contra o aço trançado nos padrões floridos, o jardim gradeado.

A vegetação era refreada, cultivada.

Havia locais mais escuros que aqueles ao redor do laguinho.

Ele reconhece alguma coisa em você, um pouco de si mesmo.

Escolheu você para seguir com os olhos.

À noite, você dorme no chão, em frente à tela na qual está trabalhando. Mal tem dinheiro para pagar um quarto no sótão, mas leva a sério o propósito de viver somente dessa vocação. É apenas questão de tempo até que alguém venha te socorrer. Você tem certeza disso.

Toda noite você pensa no que está pintando, como poderá se chamar, e depois desvia a atenção para a janela, desce até a rua para tomar um pouco de ar, limpar a cabeça das figuras de que se aproxima.

———

Seria possível dar conta de tudo com o exato peso necessário, a profundidade. Chovia lá fora aquela noite. A água em seu rosto parecia mais leve ao passar pelas lâmpadas do parque.

Na rua, os olhos desfilam por você. Você está longe de casa agora.

Caules altos e orgulhosos, ele escreveu.

Você ia ficando cada vez mais alto.

Dos tremores de sua jovem boca, Rilke escreveu.

De sua boca, intocada, cintilante, ele escreveu.

De seu firme corpo.

Na rua, se a mão dele não está ali, se a mão dele nunca chega a estar ali, se você mudasse isso na pintura, o que pode se ver na pintura, ninguém nunca saberia.

As meninas tocadas aqui podem ser meninos.

Você ainda não se sente motivado por imagens mais simples, potenciais caricaturas.

Você raspa e suaviza camadas, captando uma vida anterior.

Começa a pintar mãos como garras, depois desiste.

Encosta a cabeça no cavalete.

Mais uma pincelada, depois mais uma olhada, mais uma vez.

Pensa em um nome.

Observa os corpos na rua, tentando deixar que a vida instigue. Compara as suas flores com a árvore dele.

Torsos reluzem na água, vadeando aqui e ali.

Pensa nele solitário, à sua própria luz, sutil modo de reorganizar novamente o que se pode extrair.

Figuras ao longo de uma vida.

Folhas e membros carregam sua tensão ao descansar.

Colocar-se diante de qualquer exemplo da fraqueza humana. Estudar inflexões, como ressoam esses indivíduos, uma vida enfrentando a outra.

Crane

Ali estavam as suas figuras.

A sedução era um círculo, circulando, cercando, fechando o círculo.

Vocês dois estavam lendo "O retrato oval" de Edgar Allan Poe.

Era inverno na cidade, e sobre os finos lençóis de gelo as meninas aprendiam a desenhar números cada vez mais legíveis, traços sobre o rinque.

A pergunta era retórica, mas para onde iam as flores no inverno. Onde procurar nascentes, onde alguém como você poderia encontrar as coisas, era tão fácil para os outros enxergarem tudo ao redor, as opções.

Assim você pode figurar, vendo as meninas patinando, aprofundando seus desenhos e padrões.

A hesitação com que entravam segurando o corrimão que dá a volta no gelo para depois se desprenderem como pétalas se soltando de suas saias.

Homens ficam indo e vindo.

Seu relógio de pulso desaparece quando você enfia as mãos nos bolsos e se encaminha para longe das meninas em direção aos limites do parque.

Você sabe que está ficando velho demais para isso, fingir que se enxerga nos cisnes, quando algo se acende, quando escuta alguém dando o primeiro passo atrás de você, o céu dividido em listras com luz e sem luz.

———

Mude a época, o lugar e os detalhes do enfrentamento da sua sexualidade.

Mude os nomes.

Mude a história, a sua vocação, a arte a serviço do eu, o passado inclusive.

Para que mais a arte serviria.

Quem mais você trazia consigo dentro da mente, logo atrás, toda vez que você partia seguindo a margem da água, da esquerda para a direita, os pés derretendo a neve.

Hoje você está se refletindo em Rimbaud.

Tudo que precisava fazer era olhar com intensidade o bastante para que alguma figura surgisse no horizonte.

Você via alguém como você.

Era só dar o tempo necessário, e lá estava você.

Lentos e constantes, havia passos logo atrás.

Bastava olhar para encontrar algo além de si mesmo.

O mito da sua pessoa não é uma coisa estática.

Bastava esperar estar lá.

Você se vê em movimento, vivendo de acompanhar a travessia daquele outro até a esquina de um armazém, depois atrás.

Você se vê nos olhos dele.

Você não ia pausar para refletir.

Ia se envolver.

Não é a lua que se ilumina, é o reluzir de dentes, o revestimento prateado do armazém coberto pelas as mãos dele.

O nó na sua barriga prende vocês.
Você o arranca de algum pensamento no qual esteve perdido sozinho enquanto circulava. Ele está ali com você agora. Você o encontra, dando voz a suas ponderações.
Você está tentando falar com ele, por ele.
Não é apenas sexo, é.
É ter essa existência.
Você bate ponto uma noite em cada três. Em todas, ele assoma sobre você.
Você estava trabalhando para o seu pai em Ohio, Crane.
Você podia encontrar homens aqui.
Há uma razão para sair caminhando à noite após o trabalho, agora. Já não é sem rumo. Eles mostram saberem o que fazer com alguém como você.

Você se inclina sobre a calçada depois de ele ter ido embora para recolher alguma coisa, o que de início parece ser uma pedra se torna algo mais indefinido em suas mãos, revela ser uma concha.
O que você escuta ali então além do eco do próprio sangue.

———

Foi em algum lugar em Washington.
Ele foi o seu primeiro homem, um homem religioso à sua maneira.
Ele era um meio para ter acesso a essa linguagem, texturas ásperas, as mãos dele enganchadas nas suas costas, como anjos nas suas costas, esvoaçando para o alto e subindo pelos joelhos.

Você visita um pintor.

Vai vê-lo uma vez por semana em seu estúdio no meio da fazenda, lá onde ele derramava luz, capturando-a sobre a tela esticada, fazendo-a navegar até o ponto que ele captura no exato instante em que desaparece.

Agora você tinha um lugar para estar.

Ele é mais um que percebeu do quanto você necessitava.

Vocês viam pouco além de um ao outro, momentos e finais de semana. Havia trabalho nas segundas. Ele morava um pouco mais longe.

Você gostava de se imaginar como um prisioneiro num dos quadros dele.

Você próprio começou a praticar, primeiro com um lápis, depois com tintas mais tênues e indagadoras. Você decidiu não soletrar nada escancaradamente, não ainda.

Você iria insinuar.

Suas íris alargavam e aguçavam defronte à página e depois se erguiam e olhavam para ele.

Você tentava enxergar mais ali, a natureza verdadeira de uma realidade.

Se espreguiçava com palavras ocasionalmente fluindo entre vocês como ondas por trás de pensamentos maiores.

Você estava contando uma outra versão do mito de Narciso, dizendo que nessa, em vez de ficar ali parado tempo suficiente para se transformar numa coisa enraizada, ao insistir na busca de si mesmo, ao tentar tocar-se de fato, sem saber que se esticava para encontrar a si próprio em todo aquele pigmento azul fluido que cobria a tela do mundo, ele se afogava.

Você começava a reparar agora nos tremores ao redor dos cantos de tudo, na presença dele. Com certeza reparava em sua boca do outro lado da sala, abrindo para te dizer alguma coisa em voz alta.

Você pede que ele repita. Quer ter certeza.

Quebrar.

Nada está fixo.

Tudo depende das engrenagens da mudança mais brusca da sua perspectiva no decorrer dessa noite.

Você guarda todas as suas cartas para si.

Pensa no seu quarto de infância na torre, brigando com as partículas de poeira, trocando socos lá dentro com as sombras dele.

Você ainda mora lá.

Ele pôs todas as maçãs dele em cima da mesa.

Como elas te comovem, se movem por cima e por baixo de você, caem todas no chão quando o sol completa um arco.

Por um momento, você vai parar e permitir que os olhos se ajustem.

Agora você podia escutar a própria respiração, o modo como laborava nesse prazer, dele, do espaço dele, o modo como deseja, até que se torne instintivo.

O coração, talvez, era o mais difícil de tentar trazer para cá, para dentro do estúdio dele.

Tudo estava na maneira como ele engancha os polegares, na maneira como pega as coisas.

É como tudo que você viu antigamente nos olhos dos meninos que circulavam em volta da sua casa, quando criança, a sua mãe segurando a porta para você, os anos voando enquanto os meninos continuavam passando de bicicleta, cercando a sua casa, as idades avançando, as casas mudando, as cidades se ligando em todas as rotas de fuga possíveis.

Você se identificou com a história de Rimbaud, como ele foi tragado para nunca mais ser visto depois de levado de volta para casa debaixo da asa da mãe. Fazia parte do mito dele, também. Você acreditava que a sua mãe estaria sempre lá à sua espera. Acreditava que devia tentar fugir dela, tentar fazer com que o significado dependesse mais da sua própria boca.

Eles esperavam em pé nas plataformas e sentavam dentro dos trens ao seu redor, cercando você agora, mais velhos agora, nunca deixando a sua mão envolver a deles por tempo suficiente nas poucas vezes em que dava um jeito de roçar, tocar numa delas.

Você pegava o trem não necessariamente para chegar, mas para fazer parte e apagar horas inertes.

Você conhecia uma linha que tinha como destino a possibilidade.

Havia um trem cheio de corpos nos quais você não refletiria muito agora. Seu rosto acende lá em cima e depois escurece.

Você aproximou a mão de si mesmo.

Por um instante pensou que era outro, tão ávido quanto você, olhando para você, apenas por aquele instante.

Um boxeador beija a lona e começa a contagem.

Você acompanha o progresso deles no rádio, mais um sendo derrubado.

Cospe para o lado na rua, em frente às vitrines das lojas, o passo firme, lembrando de como se deve respirar aos poucos para correr sem sair do lugar.

Havia um ritmo nessa persistência, e aqui surgia uma forma de estar com ele, em cada desculpa que pudesse usar, se descarregando, inserindo-se nos parênteses dele, pintando no estúdio dele, discutindo arte.

Você pega o trem nos finais de semana. Fica em pé debaixo da cobertura à espera dele, às vezes reunindo coragem para abordar outro passageiro que se demora.

Eles servem garrafas de vinho e você esquece de coisas, como a aparência deles. Esquece das coisas como se eles não tivessem nada a ver com os seus maiores desejos, como se estivessem ali só pelo vinho. Mais tarde, caso eles não cheguem a pular ou se esquivar dos seus movimentos de aproximação, se começarem a se dar conta da sua motivação, você conseguirá acreditar que pode haver algo mais ali.

Ele sorri com os lábios contraídos na forma de um hino silencioso, e há também uma expiração intermitente.

Você perceberá como boxeadores no ringue possuem a capacidade de te excitar.

Acontece quando você berra e os incentiva, quando é arrastado pelo público.

Você se vira, olha.

Alguém está atrás de você.

Seu pai observa você observar esses garotos, te leva para o ringue de boxe. Todo pai sabe.

Ele deve saber, mas morre sem jamais te dizer uma palavra sobre esse assunto delicado.

―――

Você trabalha para o seu pai, ainda, pensando sozinho nessa sensação de ter caído numa armadilha, ainda tentando trabalhar com a família que te coube.

Você volta ao trabalho.

Sempre tenha um lugar para onde ir embora.

Sempre tenha pelo menos uma pessoa a quem escrever.

Sempre tenha por perto algo para beber, algo para ler.

Escolha com cuidado as pessoas que segue e reconsidere os passos a cada esquina.

Encontre uma maneira de escapar dali.

O conhecimento pode trocar de mãos assim.

Encontre um outro, mais estrangeiro, e viaje com ele até sua cama.

Como se poderia descrevê-lo.

Você esconde dos seus amigos tudo a respeito dele, pelo maior tempo possível, longe, lá dentro de você, não sabe nem o nome dele ainda.

Ele entra no lugar onde você ficava atrás do balcão vendendo doces para o seu pai.

Ele não tem nada melhor para fazer.

Balança na sua frente o penduricalho da pulseira militar que ele usa. O braço dele fazendo aquilo te leva a acenar com a cabeça, te fornece alguma determinação.

Por que outra razão ele estaria aqui onde por acaso você estava.

Você poderia ir com ele.

Ele partiria para o mar num navio, logo iria embora de novo, mas por ora ele tinha a tarde toda.

Ele come outro chocolate na sua frente.

Foi ficando cada vez mais assim quando você trabalhava para o seu pai.

No meio de uma cidade pequena, ficava sobrando tão pouco da sua identidade.

O que fazer com a extensão das horas a não ser vê-los entrar e sair da loja, embebedar-se cada vez mais de suas aparições.

O que restava para um garoto, e por que não para uma garota, em Ohio.

Estão tocando canções natalinas na Macy's rua acima.

Sua vida não podia ser esta.

Os poetas estão escrevendo publicidade no metrô e nos arredores da Madison, lá, na cidade grande.

A imaginação te jogava de um para outro, de um par de olhos para outro, de um local para outro.

Você está à procura de um detalhe despercebido no qual encontrará o amor.

Afogando pérolas frias no álcool, você escreveu.

Aqui você era um homem no parque, e ele outro.

Você o seguia dando voltas e voltas nos chafarizes esperando que ele olhasse para cima de novo.

Ele fica olhando para baixo.

Cada vez mais você se vê forçado aos cantos mais escuros, se vê assim quase toda noite.

O que empoça a seus pés.

Não tem importância, um dia você os seguirá ainda mais longe.

Isso te levará cada vez mais longe dentro da sua própria consciência, à medida que relembrar essas noites na forma de símbolos, encontrar um novo nome para si.

Vão te dar bugigangas por um serviço bem feito.

Quando finalmente chegar à cidade, finalmente abandonar o emprego com o seu pai, os trabalhos que vinha fazendo só para ele, você adotará o sobrenome da sua mãe como o seu primeiro nome.

Seu nome será Hart.

Mais abaixo na rua sirenes vão soar.

Você ainda está em Ohio, ainda no alto da sua primeiríssima torre, o seu quarto de infância.

Acredita que deve combater a vontade dos seus pais de determinar o seu rumo.

Encontrará uma maneira de passar suas palavras em código por baixo da porta. Em cartas e fragmentos de poemas, recados para si mesmo, você estava tentando aprender a escapar do dia trivial. Agora você podia chamar, nomear, começar a brincar com as sensações no meio das pernas, que sente serem providenciais.

Você está aprendendo.

Uma torre foi erguida.

O piso ficava coberto dos seus esboços do modo como ele havia dobrado o casaco, deixado-o sobre a cadeira, o modo como o braço dele te levou, o modo como você se deixou levar, e nada mais, quando ele te puxou para perto.

Após uma noite como a noite passada, como fazer para tocá-lo de novo.

Como você tocaria de novo.

Como faria para chegar até aquele ponto de novo como algo crucial, algo que só pode ser feito em desespero.

Quando você começaria a se aceitar.

A camisa dele era branca com botões de pérola expostos para vincular as separações, dois lados juntamente separados.

Amanhã cedo no trem você irá bocejar.

Ele vinha passando e passando por você e fingindo não te ver há uma infinidade.

Estava fechando os olhos agora, porque estava muito perto, perto demais de você para conseguir olhar.

Agora você está começando a enxergar através de si mesmo.

Ele passa por cima de você, te atravessa, como uma chave perdida.

O que significava exatamente a opacidade, do modo como você queria, precisava, usá-la.

Ele se aproxima, roça mais uma vez os novos sentidos da sua realidade. Você deve ter andado procurando alguém como ele, alguém como você.

Você deve ter começado a se encontrar ali de novo, de uma outra maneira, no seu quarto, deve ter encontrado você.

Você gostaria de abrir os detalhes da sua vida, aquelas ruas, se encaixando, um pouco mais, ser mais parte de alguma coisa, ligado a qualquer coisa.

Você foi ver a sua mãe.

Sua mãe menciona o seu pai, o resto da família.

O que todos pensarão se souberem agora da maneira como você aderna noite adentro, se arrastando de volta para a cama, no comecinho das manhãs, antes do trem, do trabalho.

Você queria de alguma forma dar mais significado a isso, queria que tudo isso significasse algo mais. Ainda queria ser um poeta.

Restavam ainda essas poucas horas para o trabalho, antes do trabalho.

Havia coisa pior do que ser um bêbado.

Sua mãe não entende.

Você vagaria por aí até o dia em que não houvesse mais ninguém disposto a te acolher. Esse é o plano atual. Nesse dia ela vai saber o que você realmente vai se tornar.

———

Quanto mais alto você subisse, quanto mais única a visão que você buscasse, mais veloz seria a queda no encantamento. Pode ser nisso que você está se convencendo a acreditar.

É algo ainda sem nome que te leva para cima.

Era cansativo para um homem andar e andar sem nada além.

Esses homens eram anônimos, todos, e tendiam a permanecer assim. Alguns poucos escolhiam outros nomes, emprestados, para te dar. Alguns poucos sabiam quem você era de verdade, antes de você mesmo começar a sair como outra pessoa, um personagem de um dos seus romances preferidos. Esse certo romantismo ainda te prefigura. Você gostava desse autor por causa de sua linguagem, para não dizer suas inclinações.

Os garotos te observavam e reparavam em você.

Sabiam o que você estava fazendo, afugentando os pombos. Falavam por trás das mãos em concha. Alguns simplesmente desfiavam uma longa série de termos degradantes, tentando te rotular, repetindo ameaças.

Alguns dizem que vão te matar se você voltar a segui-los.

Você precisa sair de Ohio.

Nunca mais retornará a esse local, jamais, devido ao medo de morrer ali mesmo, de se tornar nada mais que o termo dos valores dos seus pais.

Eles brigam por sua causa desde a sua infância.

Você chutava as pedras.

Você era mais novo, ainda mais impressionável. Ficava parado embaixo das árvores no ponto em que suas copas se encontravam, agachado. Fazia o que se fazia em Ohio, bebia vinho em um ou dois restaurantes italianos que havia.

Verificava as trilhas do parque com um pouco mais de atenção, depois.

Ao sair cambaleando, os músculos deles te compeliam a retornar ao redor do quarteirão.

Era uma coisa que te fazia sentir que podia sentir mais, que irrompia na superfície do dia e te permitia mergulhar um pouquinho mais fundo.

Você pensava que era a primeira vez que realmente sentia o gosto da água, que dava goles tão grandes.

Tentava pensar isso de novo e de novo, toda vez.

Eles se safavam, arrastando atrás de si a névoa de uma miragem.

Pela manhã, você tentava retomar seus próprios passos através do poema que estava escrevendo, tentando não se perder muito.

———

Uma onda atrás da outra incitava o desejo de ver mais, te congelava ali. Você pode estar enraizado em suas complexidades. Pode perder tempo no momento, movimentos mais longe, mais adiante.

Uma vez revolvido, como se assentar.

Era um ponto a partir do qual você já não podia voltar atrás, uma necessidade que jamais seria desfeita uma vez saciada. Havia mais alguém lá fora a encontrar.

Havia um modo de silenciar essas noites sem deixar de articulá-las.

Havia um modo de fazer o significado ecoar. Tinha de haver.

Na luz branca da segurança, pisca um alarme como uma lata amarrada ao seu tornozelo, fazendo com que você pule e a sua mente se vire, encurralada.

Há um bebedor em todo escritório.

Algo impede de alcançar mais longe.

Você esperava em vão.

Você vaga de novo pelas ruas, passando em frente às igrejas antigas, depois que o trabalho acaba.

Tocando você, encontrando você na sua pele, ele, anonimamente, atravessa a sua memória a nado, como se acordando mais adiante num sonho e depois te trazendo de volta para a terra firme do seu ser. Há mais alguém em você, potencialmente, algo mais para te puxar, para soprar vida nova.

Você treinou os seus braços para eles.

Todo dia a partir de agora deve ser inaugurado como um novo início.

O criador desses nomes e mitos não estava encontrando palavras simples para os seus sentimentos. Você ainda não tinha sido representado.

Onde estavam agora os que sabiam dar uma vida inteira todo dia.

Cada dia você ia um pouco mais longe.

Começava de novo, melhor, pela manhã.

Ficava parado na beira da pia encarando o rosto ali embaixo. Podia enganar. Você podia tentar se esgueirar para dentro do próprio reflexo, tomá-lo de surpresa para fazer com que sua forma mais verdadeira, mais esperançosa, mais aberta, conversasse mais com você. Queria que as sombras dessas palavras revelassem alguma coisa. Uma hora, as sombras acabariam sendo mais necessárias para que você pudesse se observar com mais honestidade a partir delas.

Você imagina navios negros singrando sua própria suspensão, os seus Cupidos ao leme, mais escuros na escuridão, como novos alívios, novos assombros. Você não dirá a ninguém quem você realmente era.

Você sabe esses poemas de cor, novas visões, sons, se prolongando de seu velho Rimbaud.

———

Você tenta duas vezes.

Deita em águas profundas, desejando fazer os reflexos girarem até atingirem uma gotejante imobilidade. Dentro de seu estômago o calor aumentará à medida que você escoa.

Você abrirá o estojo de remédios.

Há outras maneiras que seriam mais repentinas.

Você procura uma veia.

O médico que te salva a primeira vez, a segunda vez, uma daquelas vezes no começo que vai ficando difícil de reconstituir para si mesmo à medida que você leva a vida em frente, que os anos começam a sair do alcance, ele não fala a mesma língua que você.

Você está sozinho na ilha com a sua mãe.

Ela liga para o seu pai.

Seus pais se separavam e voltavam, depois se separavam de novo e de novo.

O ano era o dia de agora, eternamente, sempre.

A saudade era dessa sensação de um abrigo qualquer, você.

Nessa escuridão toda, sua mãe precisava de ajuda para dormir.

Ela precisa de um corpo leve e sedativo.

Você tomou os comprimidos dela.

A voz dela se deslocava pela casa.

Você começa a engolir esses dias, seu conteúdo, completo, inteiro, como se fosse a empregada dela, andando atrás dela, seguindo seus passos, exigente, copiando suas rotinas.

———

A água que suas veias sentem no limite da terra firme te avisa que é preciso voltar, repetidas vezes, te fixando.

Você recua na margem até um terreno mais seguro enquanto luzes no alto se movem por cima de você.

O céu está branco de estrelas.

Você está galgando o caminho até a própria resistência, até o dia de poder abandonar ainda mais todas as bases.

Como poderá fazer isso.

Há um silêncio que se infiltrava e inundava qualquer recinto quando eles estavam num outro conversando, conversando sobre tomar outras providências para você, com você.

As vozes deles te circundaram por toda a infância. Você estava suspenso entre os dois. À noite você saía e dava voltas e voltas pela cidade, os pensamentos se empilhando em cima de você.

Talvez eles estivessem certos a seu respeito desde o início, o fato de seus pais quererem que você fique lá, que trabalhe como eles. Eles não entendem muito bem o que você quer dizer com isso que chama de a sua vida.

Você queria provar o seu lado, os seus argumentos.

A voz dela tende a te seguir, se espalhar pela casa.

Às vezes você escutava e às vezes não.

Você ficava indo e voltando de um para outro.

Queria que todos soubessem da sua infância, o que você teve de suportar nas mãos deles.

Às vezes é como se ela estivesse bem ali em cima do seu ombro, quando você está compondo.

Sua infância está cheia de barcos, cisnes de metal, suas sombras nevadas, essas coisas que você abriga e se enroscam no coração antes que você consiga pô-las para fora, enquanto você supervisiona a caixa, a remessa dos doces do seu pai, Crane's.

Você sentia os ecos te percorrendo.

Quem poderia saber por que você foi marcado pelo que te marcou.

Nos outros recintos, você ainda os escuta, sempre.

Você bebia para calar aquelas vozes.

Você ouvia ele enfiando sua história na dela, os reflexos que tentariam projetar em você.

Logo amanheceria.

Ele não é seu pai.

Você podia acordar e ele podia ainda estar lá.

Ele estava tentando se apressar e vestir tudo de novo.

Estava pegando o casaco. Tinha que embarcar num navio.

Estava se preparando para partir.

Podia ter perguntado se podia ficar mais, ou podia ter se oferecido para te levar junto para onde quer que estivesse indo.

Ele não podia te levar junto para onde ia.

Você tem que trabalhar.

Ele estava ali de volta, procurando os sapatos.

De quantas outras maneiras você podia escrever sobre estar separado dele, que por algum decoro interior se viu movido a partir ao amanhecer.

No banheiro, você se barbeava depois dele.

No espelho, lembrava os nomes que ele te deu na noite anterior, como esses nomes refletiam outros sentimentos, os ecos de outra coisa.

Você os substituiria no decorrer de várias noites, sob várias luzes.

Ele estava embarcando num trem, indo para o serviço a essa altura, no meio daquela névoa das seis da manhã.

———

Você começou a procurar neles alívio de si mesmo. Ainda pensa na sua mãe, quem sabe, em como você não dará netos a ela. Você se refletia nos vidros daqueles poucos prédios de escritórios.

Você precisava sair dali.

O que aconteceu com aquelas sombras do meio-dia em ponto.

Você precisava ir para a cidade de verdade. Você ia ser um poeta. Já faz anos que diz isso para todo mundo.

Agora você está vendo tinta de parede a pessoas de bom berço. Suas palavras dão nisso. O que você tinha publicado.

Você precisava escrever de algum jeito, de qualquer jeito. Escreve cartas. Precisa continuar indo em frente. Você fala sobre a sua crença na poesia.

Você passou um tempo tentando se afastar da família. Precisava pensar em si mesmo, no seu futuro.

Passava dias, noites, percorrendo esses círculos.

Ficava sentado à escrivaninha aguardando que alguém como você se materializasse no escritório em que precisava trabalhar durante o dia. Precisava trabalhar. Isso aumenta a sua sensação de isolamento.

O que você podia tentar dizer com o corpo. Para quê, em direção a que estava trabalhando.

———

...irmão passa irmão sem ver...
Hart Crane

Você mergulhava nos homens que ficavam nas extremidades de certas plataformas, avançando na direção deles, adivinhando. Mais um par de olhos acenderá. Você sentirá essa transmissão entre vocês.

Ele também é bonito, tão bonito quanto. Você foi reconhecido no relance que ele deu. Há um olhar que diz tudo, te devolve você mesmo, até mais concentrado, e concertado.

As pessoas achariam que vocês dois se parecem.

Perguntariam se ele era o seu irmão. Pessoas passando com seus verdadeiros irmãos se viravam para te olhar.

Ele reagiria ao toque da sua mão, se aproximando dela.

Ele se ergueu de dentro da sua fonte.

Como seria possível escrever sobre ele para tentar expor o que ele deve ser a seu ver, mostrar para uma outra pessoa tudo que você enxerga nele, criar aquele lugar dele na sua vida, fazer aqueles gestos parecerem tão essenciais.

Como preencher os contornos dessa ideia esquelética de si próprio. O que cinge os seus pontos mais pronunciados. Como as palavras podem escudar vocês dois.

Você dizia um mar inteiro.

Os cabelos dele também eram um pouco mais pretos do que dourados.

O ouvido dele estava voltado para os seus lábios, e aguardando.

Os olhos dele fechados, como se dissessem que você poderia fazer o que bem entendesse agora. Você poderia ver nele o que bem entendesse, olhar pelo tempo que desejasse.

Ele não te desafiaria a desviar os olhos.

Você passava tempo com os clássicos em busca de descrições dele, não dizia a ninguém como vocês realmente haviam se conhecido.

Ele retornava para tentar aprofundar a troca entre os seus corpos, para se entregar mais a você. Você fazia o mesmo. O plano em que você existia, o corpo dele, ondula e vibra.

A água em queda podia ser vigorosa e ainda assim gentil, de alguma forma, ao mesmo tempo.

Você mapeava o tempo que passavam juntos, enxergava-o como um ser sublime se dividindo, se derramando, luz e sombras.

Ele já foi somente mais um garoto, apesar de toda a sua conversa, leitura de livros, chocolates, botas, algo que te proporcione um significado para além da subserviência, esses empregos em que trabalha, aquela tentativa de construir algo que possa vir a te sustentar.

———

Você se tornaria um grande poeta.

Você deu um tempo do trabalho para ficar encarando o nada.

Você encontraria a chave de tudo.

O que viria a eleger para te servir.

Como se abrir mais para fora. Como construir algo mais grandioso, aderir, valendo-se da própria história.

Agora você ia escutar a si mesmo.

A verdade da sua vida ia cada vez mais se enterrando nas imagens cumulativas que você havia recebido.

Uma vida nova sempre podia ser iniciada.

Você ia deixar esse lugar, ir para outro melhor.

Mais quente, mais frio, você não sabia.

Você tinha amigos com quem poderia passar um tempo, se quisesse, fora da cidade.

Desbravaria distâncias cada vez maiores para não ter que trabalhar tanto, para preservar a sensação de viver nessa vida.

Você partiu, por fim, sem dizer a eles para onde ia.

Partiu sem dizer nada a ninguém.

Foi a Nova York, onde tentaria cavar o seu espaço. Você voltaria muitas vezes a essa cidade. Trouxe devagar, de pouco em pouco, o que julgou que iria precisar naquele quartinho escuro, no topo dos degraus, os seus discos. E depois algo que oferecia ainda mais recompensas imediatas, esses homens, incautos, embora às vezes você ainda dormisse fora de casa, a estibordo deles.

Quando se dava conta, você estava naquele local em que todas as ruas entram em declive. Você percorria o caminho de alto a baixo, por cima e ao redor, indo em direção ao mar.

No decorrer da sua vida, você sairia e voltaria a Nova York dessa maneira.

Você prometerá a si mesmo que, de agora em diante, tentará tomar conta de quem você é. Promete a si mesmo que dessa vez realmente tentará ser melhor, melhorar.

Precisa escrever e não trabalhar, se quer chegar a algum lugar um dia. Alguns te darão dinheiro, te darão pouso, cama, comida e bebida até que você possa se erguer, andar com as próprias pernas em suas tentativas de se afastar constantemente rumo ao limite das suas percepções. Alguns vão entender.

Você vai ajustar a mira neles.

Não vão se aproveitar de você, não de você.

Você se sente feliz e grato, mas às vezes se desencoraja.

Grita da janela dos táxis, do alto dos prédios, da cama dos amigos, das janelas. Sempre que fica bêbado demais, ameaça pular.

Você tinha uma fé convicta.

Alguém teria que dar a atenção merecida à sua obra, cedo ou tarde.

———

Você tinha aquele momento em que o pensamento nítido dava lugar ao ímpeto.

Ficava surpreso ao ver como os homens podiam ser abertos no escuro, aqui na cidade. Tantos homens vinham para cá exatamente com esse propósito explícito.

Você assomava sobre eles no escuro.

Estava tão perto de tentar, tentar para valer.

Algumas vezes, tentava para valer, chegava muito perto, com outra pessoa.

O que te segura.

O que te deixa tão desesperado.

É o prazer de estar num quarto com o barulho da respiração do outro.

Vocês encontram isso um no outro, o prazer da sensação. Você se sente atraído até mesmo por quem não tem nada a ver com você. Eles te fazem lembrar o que você poderia ter sido.

Você escolhia alguém no bar. Cruzava o ambiente com o olhar, esperava que ele navegasse até você, confidenciava o que realmente gosta num homem.

Saindo para tomar um ar, você alegava estar somente olhando o céu, olhando a água, quando te seguiam, enquanto você escutava algo voltar até você naquelas noites.

A velocidade era um dos seus focos, a rapidez com que tudo podia acontecer.

Aqui não há necessidade de encontrar um quarto de hotel, se você agir rápido.

Dependia do que você estava procurando.

Isso é uma das coisas interessantes numa cidade.

Você estava procurando mais de si mesmo.

Lembrava o que deveria estar fazendo aqui.

Devia estar se fixando como um poeta, uma voz com alguma relevância. Como isso acontece, exatamente. Quem distribui os limites, diz se você serve ou não para o papel.

Você escrevia ao chegar em casa depois do trabalho, escrevia para casa. Certas noites, chegava a escrever para o seu pai. Ele devia significar algo para você.

Ele te ajudava, mandando um pouco de dinheiro.

Você dormia perto do chão numa cama ruim, mas é uma escolha sua. Podia simplesmente arrumar um emprego como qualquer pessoa. Você está escolhendo esta vida. É obra sua.

As tardes são mais do mesmo.

Era para você estar escrevendo.

Depois de se sentir preso a manhã toda, você vagava por aí na hora do almoço, no seu único intervalo.

Você estava trabalhando.

O que é o seu trabalho.

O que você estava fazendo aqui.

Como você uniria as pontas.

Você pega um emprego e depois mais outro. Dura poucas semanas em cada um.

O que começa a se agitar no seu estômago são todas aquelas velhas preocupações de mãe.

É o trabalho de alguém entregar as cartas, entregar mais uma carta. É o trabalho de alguém acordar e buscar leite. Você não conhece nenhuma dessas pessoas, no fundo não.

Você estava caminhando bem cedo pela manhã, por toda a cidade.

Trabalhava aqui, escondia deles boa parte da sua vida real. Sentia uma efusividade tal que uma casa, uma mente, um garoto, um corpo somente jamais poderiam conter. Havia noites em que você desejava começar tudo de novo.

Sua mãe queria que você escrevesse para ela, escrevesse ela.

Você escrevia, pensando em Poe, pensando em Melville, pensando em Rimbaud, pensando em si próprio.

———

Um daqueles com quem você tenta acaba gostando de uma história que você contou uma vez, sobre um garoto que perdia as chaves de tudo.

É uma história, em parte, sobre você.

Uma vez você acidentalmente se trancou do lado de fora do lugar onde estava ficando até conseguir encontrar o seu próprio lugar. Você não sabia o que fazer. Todas as suas coisas estavam numa mochila trancada dentro do quarto de um amigo. Você não tinha dinheiro para chamar um chaveiro. Seu amigo levaria dias para retornar à cidade. Você não tinha ninguém para telefonar, mas conseguiu subir no telhado do prédio. Sabia que tinha deixado a janela aberta no penúltimo andar. Mesmo assim, ainda teria que saltar a distância de pelo menos um andar.

Você se pendurou na beirada do prédio antes de perceber que seu corpo não era comprido o bastante para alcançar. Agora era possível ver como seria necessário aterrizar exatamente dentro da área gradeada da escada de incêndio, naquela pequena plataforma quadrada. Se caísse errado, em cima de um corrimão ou degrau, somente um centímetro fora de lugar, muito para um lado ou para o outro, e um dos seus pés errasse o quadrado abaixo, você poderia quebrar a perna ou coisa pior.

A essa altura, você já estava ali pendurado havia minutos, antes de perceber o perigo real.

Como tinha chegado até aquele ponto.

O prédio tinha dez andares.

Você não era forte o bastante para se erguer de novo até o telhado, esquecer do assunto e tentar encontrar outro lugar para dormir aquela noite, pelo resto da semana.

Como voltar atrás, uma vez que se acredita na cronologia.

A única maneira possível de descer lá de cima seria contar, soltar, se largar.

Você conseguiu cair direitinho, dessa vez, para se enfiar pela janela.

É autoexplicativo.

Durante o dia, você caminhava pelo píer.

Sentia os olhos deles em cima de você.

A essa altura talvez você já seja um homem próximo da morte.

À noite, você é cercado por aqueles corpos como cavalos negros no parque.

Foram enviados até aqui por mães.

Não havia boa conduta em nenhuma verdadeira religião.

Era a desculpa do êxtase, o excesso necessário.

Fazia parte do que você necessitava, ser consumido a esse ponto, ficar sem nada, sentir-se fazendo um círculo em volta de um deles.

Vê-los se marcando. Você conheceu um homem, E. Pode chamá-lo do que quiser nas cartas.

Você é puxado de volta para as ruas, de volta para os bares, para encontrar suas figuras volumosas espalhadas pelos cantos, as dobras dos paletós.

Você passaria um tempo ali enraizado.

Eles andam tão focados quanto você, tão ávidos quanto, há tanto tempo quanto você.

Quanto mais por baixo se entra, mais longe se chega, e mais escuro deverá ficar.

Por enquanto, você não tinha mais para onde ir.

Para onde seria possível progredir a partir daqui.

―――

Essa era aquela única parte, aquele único ponto, do qual você não queria abrir mão.

Quando criança, no alto de seu quarto na torre, você conseguia imaginar mais poemas, outros poemas.

Uma por uma, você descia as escadas.

Ele estaria lá fora em algum lugar, alguém como você, você sabia.

Você espera.

Pensa nas imagens de garotas, nuvens, ruas, prédios.

Não era certo que ele viria ao seu encontro.

Você teria que procurá-lo. Teria que encontrá-lo.

A não ser que marcasse esses dias, essas tardes à deriva que cada vez mais pareciam desaparecer, a não ser que começasse a tentar acertar as contas consigo mesmo, retesar esses dias até que se tornassem algo diverso, algo que pudesse te puxar para cima e para fora ao mesmo tempo, te suspender, você começaria a se sentir preso aqui, sem acesso ao mar, nesse lugar diferente de tudo, um lugar que seus pais nunca conheceram, sentimentos que talvez ninguém nunca mais consiga ver de onde surgem.

Seu melhor juízo começa a se fazer presente, a se ver dessa forma tão sombria, te dividindo em metades, anotações incompletas, letras de música incompletas, fragmentos, incompletudes.

Suas musas eram homens.

Você estava tentando escrever num verão quente demais, quando todas as outras pessoas estavam indo embora da cidade.

Aconteceu que você desejava o mesmo que ele, na rua tão tarde, apenas alguém.

Você bebe demais.

Qual é a canção que te faz perder ainda mais o bom senso lá, aquela noite.

É uma canção que já estava silenciada dentro de você por algumas, várias noites.

Ele começa a fazer de novo, batuca no seu peito como se estivesse encostado num bar.

Você só estava saindo para tomar um ar.

Olhe para o alto, para além das luzes todas dos andares mais elevados. E o que será que você verá da ponte, quando precisar de um lugar para ficar.

Você se dá conta de que está de frente para o mar. Os garotos cantam à sua maneira ali, quando há poucas flores reconhecíveis, quando você vê do que se trata.

Você encontrará uma pessoa, um rapaz do Alabama, um rapaz que está na Marinha agora, passando o primeiro Natal longe de casa.

Na véspera do Natal, só nesse dia, você e ele atravessam a sua ponte enquanto você começa aquela tentativa de explicar como espera que isso brote das suas palavras como algo mais épico.

Você se dá conta de que está nas mãos dele.

Há tanta coisa que você deseja encontrar um lugar para guardar, você vê tanta coisa. Há limites nessa única vida.

Sua vida podia ser essa.

Você não poderia afirmar que a sua experiência não te tornou um pouco adepto, um pouco inclinado, um pouco predisposto.

Se você pudesse esperá-lo como ele podia esperar você, o próximo e o próximo.

Se vocês tivessem esperado igualmente um pelo outro.

Ele vai embora de novo.

Ele vai voltar da licença.

Estava ali diante dele, mas algumas coisas não podiam ser ditas. Tocar era uma forma de tentar dar continuidade à sensação.

Sensações se espalhando com mais nitidez, expostas, a noite se forma ao redor do ar que paira em nuvem sobre a água.

A noite cai e cai, e poderia seguir para sempre. Dá para intuir isso. Essa impressão em particular causa efeito. Ao que a noite poderá se agarrar.

Tenta-se calar o medo, as possibilidades de desconcerto, tornar-se mais compatível. Ele os traz, não perde muito tempo, palavras a serem questionadas somente mais tarde.

Esses homens, um após o outro, vem em ondas, por cima da ponte, em direção ao parque, de dentro de seus quartos de solteiro, para dar uma olhada.

Há a esperança de finalmente pegar um deles um dia, no entrosamento das linhas, de cada palavra um dia cintilar como uma onda. De cada imagem vislumbrada ser trazida para dentro antes de recuar tendo deixado para trás exatamente o que basta para nos levar mais para o fundo, fora, na direção daquele próximo fim.

Bem lá do alto, sobre uma ponte, observando todas as linhas sinuosas lá embaixo, o trânsito e, mais ao longe, a partida dos barcos, o que vem à mente de alguém, sobre o que ele fala, procurando alguma coisa que eles tenham em comum. Essas trilhas que cruzam uma vida, a trilha dele próprio cruzando outros homens, lá embaixo sob seus pés, diante de seus olhos, essa dilatação a seu redor, que a tudo esvazia.

Esse tempo todo você esteve apenas em busca de alguém que te encontrasse, que ousasse te encontrar, frente a frente. Esteve apenas procurando alguém com quem pudesse se combinar para produzir algo mais fixo.

Ele te amaria.
Você acreditaria que os sentimentos dele refletem os seus sentimentos. Na maior parte.
Você acredita que ainda há o que dizer.
Precisa haver.
A linguagem é apenas uma sombra cobrindo o que voou.
Nas mãos dele, as direções são repensadas.
É assim que você se torna outro.
Com ele, você já não se reconhece muito bem.
Você é melhor.

Ele, E., diz enxergar no mar uma espécie de mãe, exposta ao luar, ao abrigo do vento, espalhada pelo mundo todo.
Ele navega.
Esse poderia ser o seu único grande amor, tudo que você vem tentando colocar em palavras desde sempre. Poderia ser ele. Como você poderia amá-lo. Como ele poderia te completar. Como o mar poderia conter tudo isso.

———

Esses sentimentos iniciais acabam se assentando.
Sempre há um outro E., um J., um mar deles.
Eles têm muitos nomes, mas a maré os leva.

Você continua saindo, de um lugar para o outro, pelo mundo todo.

Chove aquela noite, com relâmpagos inclusive. Quanto mais claro fica, menos você pode enxergar alguém como ele cambaleando, tão óbvio, mas ainda há os que são garantidos, as horas garantidas, aquelas poucas horas logo antes da alvorada, enquanto ele viaja.

Há lugares garantidos, sempre um Jason, ou um Jeremy.

Isso é tudo que haveria para você nesse momento.

Ele é mais um insistindo para que aconteça ali, onde outra vez você se agarrou com outro, as sombras dele agora flutuando ali na sua frente, na água, ao longe na água, ganhando forma em seus pensamentos.

Tudo versava confiança.

Você entende que nunca poderá se unir completamente, não com este, não com ele. Algo te segura, aquele último pedacinho de si mesmo que pretende preservar.

Você não pode dar tudo.

Você entende que vocês começam a se dividir em pedaços ao redor um do outro, tentando erguer um vínculo.

Para você, mais e mais, cada homem parecia feito somente dos que o precederam. Você os adiciona uns aos outros.

Enquanto eles te jogavam de um lado para o outro, você era uma constante entre eles.

O que mais você podia fazer exceto procurar outros, acreditar que não estava tão completamente perdido lá fora, descobrir que ele não era tão completamente insubstituível, também. Nem mesmo Emil, E. Há outros. Ele é somente um marinheiro de uma dúzia.

Sua boca começa a dilacerar enquanto o seu corpo aguarda.

Você vê os navios entrando e saindo da doca.

As coisas jamais retornariam a um chão assim tão firme. Passado certo ponto, é como se você já tivesse partido, embora vá tentar retornar. O que aconteceu entre você e ele, até que ponto foi realmente sério, estará aberto a conjeturas por um bom tempo.

Por acaso, um homem menciona Melville a outro. Agora você acredita que sabe o que isso pode significar.

Você começou a tentar articular o mar mais a fundo.

———

Lendo Whitman em folhas de grama no verão, você reflete.

Um dia você indicaria essa rota para os que vêm logo atrás de você.

Em caso de dúvida, você recorre à pureza de um garoto, aquele ponto final de qualquer Rimbaud que se encontre por aí, que podia te arrancar para longe dos livros e te trazer de volta à vida, te conectar de alguma forma.

Há vida bem ali na sua frente.

O que Rimbaud havia te ensinado, que lições.

Partiu de navio para deixar a poesia para trás.

Há uma ligação que prende o seu coração.

Você iria criar significado, fazer significado.

Você não tinha ouvido falar muito do pai dele, sempre e somente da mãe dominadora de Rimbaud, quando você ainda era pouco mais que um garoto que se limitava a seguir suas lendas e mitos. Deve ter havido uma razão para você ser desse jeito. Essas razões devem guardar alguma relação com os seus pais.

Rimbaud já tinha perdido ele, o pai, em algum momento perto dos cinco ou seis anos de idade.

O pai dele era um capitão, no exército.

Você não era o único poeta a quem tinha acontecido uma coisa dessas, crescer sem pai, mas você sentia que precisava desses precedentes, desses homens e seus nomes. Precisava dessa história. Fixar a sua imagem nessas lendas te arrastará para mais longe da própria vida. Você tenta atrair para perto um corpo mais parecido com o que você próprio acredita ser.

Quando ainda era relativamente inexperiente, você leu um livro sobre um navio chamado Narciso.

Em cartas, mais tarde, você chamava a si mesmo de Ulisses, só de brincadeira, por mais que um ou dois outros nomes fossem mais apropriados.

Você sabia o que esperar, sabia que a linha da praia te arrastaria de volta. Sabia disso. Só não sabia até que ponto isso um dia tomaria conta de todas as direções a seu dispor.

Você sabe que está levando isso um pouco longe demais, mas seus paletós brancos são tão propícios a boas e velhas metáforas.

Bons e Velhos Garotos.

Sabe que é algo que eles quase sempre arrastam embora pela manhã. Marinheiros emergem e depois partem. Te resta tempo de sobra para imaginar, antecipar, uma reaparição.

Te dava esperança, punhados.

Corpos na rua te cravam o olhar enquanto você recita Rimbaud baixinho para si mesmo, Rimbaud.

Quem se orgulharia.

Isso é o que você começou a fazer da sua vida, o que começou a fazer para deixar para trás.

Você escreve sobre a água, aquele espelho sem fim.

Você conta com os homens de paletó para navegar.

Finge ainda ter o ânimo para isso, mesmo nos dias em que sente não haver como escapar delas, as suas celas.

Pensava neles em suas proas, à espreita. Você os respeitava enquanto os descrevia como se fossem nuvens, flores.

Esperar a chegada do seu navio é cada vez mais esperar o dinheiro para um dia poder abandonar tudo isso por um tempo, a cidade. Já está cansado do excesso desse lugar. Não tem nem trinta anos. Quer ver a Europa. Está indo e voltando pela ponte sozinho agora, dando voltas para pensar.

Dava para ver tudo dali, perfeitamente, daquela posição privilegiada, você dizia a si mesmo.

Estava pensando, torcendo, algo podia surgir para você, no topo do telhado do seu prédio, a cidade espalhada lá embaixo.

———

Você os percorreria. Descobriria tudo que precisava saber penetrando neles e os percorrendo, seguindo suas indicações.

Eles iriam te ensinar.

Iriam te ensinar a se perder, te ensinar que a vida muda de rumo, que a cronologia acaba ficando quase toda para trás na memória.

Você quer alcançar, ver mais. A vida tinha que ser cada vez mais expansiva, cada vez mais abrangente.

Se estivesse na posição dele, no barco dele, ao lado dele, por trás dos olhos dele, com os homens dele, o que você aprenderia. O que teria visto. O que deveria saber ao certo a essa altura.

Você escreve cartas, entrando fundo na noite.

Ulisses passou dez anos no mar. Os homens viviam mais naquele tempo, ainda viam a necessidade de ter esposas aos oitenta e dois anos.

Querendo deixar o passado para trás, o pai de Rimbaud se alistou aos dezoito. Nunca chegaria a retornar. Que idade teria. Quis escrever, embora a eloquência da sua crônica bélica o tenha conduzido à correspondência militar.

Imagine se ele estivesse no controle do próprio mito, até onde poderia ter levado isso, se não precisasse daquelas noites para descansar, se nunca precisasse dormir, nunca precisasse atender ao próprio corpo.

Imagine se ele falasse ainda mais línguas fluentemente, se tentasse estabelecer uma rota bem diferente em cima dos poucos fatos com os quais e sobre os quais nos é dado trabalhar.

Imagine que o fim dele é apenas o começo.

―――

Ele nunca mais poderia ver a família. Deixou para trás um livro de gramática, algo que é encontrado num sótão ou num celeiro.

Essas linhas se repetem ao longo do tempo em vidas similares.

O pai dele morre e você tem de inventá-lo, aquele pai, como ele próprio uma vez tentou inventar.

Se você fosse ele, navegaria até Alexandria, procuraria emprego numa mina de mármore, se tornaria capataz.

A vida dele seria definida pelos limites disso.

Rimbaud chamará simplesmente de férias o seu tempo de poeta, uma preparação para viver de verdade, um dia, no futuro que seus versos anteciparam.

Quem ele deixou para trás começará a juntar os pedaços depois da sua partida.

No leme de um navio, ele sairia à conquista. A contemplação a partir desse ponto seria sempre enviesada. Enxergar o quadro completo dessas viagens depende da sua posição atual, no sentido de como você acaba lendo e devolvendo o significado, como você carrega as imagens através de si mesmo.

———

Eu sou Rimbaud.
Hart Crane

Seu medo era de ser ligado demais com a sua mãe. A infância não parava de se mover. Esperança trazida a bordo, carregada em navios, como as últimas palavras do pai dele, tudo a bordo.

Para você as memórias nunca são estáticas. Você precisa tomar atitudes, fazer algo disso tudo, tudo que sabia agora. Não conseguia se mexer. Aquelas competições de gritos se tornam a sua primeira memória, aquelas surras. O pai de Rimbaud arremessa uma bandeja de prata. Na cabeça dele, ela produz um ruído como o de uma música nova. Você se pergunta se vem da família, essa tendência que encontra em si próprio, de fitar o nada diante dele. Na escola, Rimbaud plagia uma tradução do latim e ganha muito reconhecimento. Por um tempo enorme, seus professores não suspeitarão de nada.

É uma sensação no estômago que o desperta no meio da noite. É nisso que vocês se assemelham.

Ele encontra uma caneta, uma mesa. Vai para o celeiro nos fundos da casa da família. Um bom soldado não questiona suas ordens.

Você segue o exemplo dele, viajará mais, mais longe, mais além, sem jamais se estabelecer.

Apenas um lugar para descansar. É tudo que você pede. Alguém com certeza te recolherá das ruas.

Você bebia em abundância do rio desse folclore.

Você precisava de um Verlaine.

Estava bebendo de novo com aqueles marinheiros. É assim, cada vez mais, que você gasta as suas noites na cidade. Há sempre pelo menos um homem disposto a aceitar que você pague uma bebida, outra bebida, por conta da casa, como se diz, mesmo quando você acredita que isso possa implicar outros desdobramentos.

Faz tanto tempo que seu pai deixou de mandar dinheiro, parece que agora terminou de vez, mas há sempre pelo menos um desses marinheiros para você, um a bordo de cada interminável navio.

Imagine ser atraído pelo que te destruirá, como as flores pela margem.

Você escreve suas histórias sobre o mar, tenta escrevê-las de forma que, havendo disposição, alguém possa encontrar nelas, repousando nas profundezas, elementos relacionados à sua própria pessoa.

Bebe para dormir, bebe pela companhia. Bebe pelo reflexo, para tentar acabar logo com tudo, com esses dias longos.

Bebe para esquecer da última vez que bebeu.

Você o segue até lá.

A rua se chama Sands.

Caminhará atrás dele, percorrendo toda uma ponte, seguindo cada um de seus passos, determinado a segui-lo até onde ele possa te conduzir, seja onde for.

É assim que o dinheiro vai desaparecendo.

Você fará isso tarde da noite, voltando com ele pelo mesmo caminho até um hotel que chamam de Sands. Você vai pagar.

———

Seu pai quer que você seja capaz de andar com os próprios pés, de se manter sozinho, ser um homem.

Você lembra como ele costumava dançar pela sala enquanto você ficava em pé sobre os sapatos dele.

Você vai levando elas na sua cabeça, essas lembranças, e todos esses homens. Tem um certo orgulho das suas conquistas, de cada uma delas, e quem não teria, você pensa, mas a sua mãe ainda quer que você considere a ideia de voltar para casa.

Você precisa ser lembrado disso de vez em quando, de como você se liga aos outros.

Há uma estrutura. Cada corpo seria para você um novo quarto onde você encontraria o espaço de seus próprios pensamentos, como eles se uniram, se conheceram, se intercambiaram e então se separaram.

Há um passo.

Faz quanto tempo que você foi para o mar nessa cidade.

É a imposição de uma assertiva, um passo que segue pisando às suas costas, ecoando, até que você alcance o limite em que começa o mar, um só lugar, não mais chorando por causa desse leve sentimento que está sentindo, tentando não se importar com a perda, um outro corpo sempre maior que o seu.

Não desmorone. Há noites em que você encontra, num homem, um toque de mãe.

Não se pode evitar que um pintor pinte, que um dançarino dance, que um homem copule, que um navegador navegue, ou que essa onda assim quebre.

Não importa até onde continue tentando, você não consegue segurar essa tentativa de colocar todos os lados de si mesmo na página, dispô-los nela.

Como você viverá, exatamente.

Pensamentos se intrometem, se agrupam dentro de você.

O que eles escutam quando acolhem seu corpo em suas mãos, em suas cabeças. Você está tentando lhes dizer alguma coisa, sussurrando em seus ouvidos. Mesmo que escrevesse a respeito, jamais poderia publicar, não sem esconder de alguma forma aquilo de que sempre deveria estar falando.

Tem a sua mãe. O seu pai.

Você estava tentando contar, mostrar, como poderia ser a sensação de ter a sua história presa por trás de todos esses símbolos, essas trocas silenciosas, seus números.

Quem poderia te abrir. O que poderia estar encolhido ali dentro.

Nas palavras certas, a sensação se mantém ativa.

Eles saem de seus pequenos quartos, pequenos escritórios, com todo o seu refreamento humano, durante todo o dia.

Onde você encontraria esses homens toda noite.

Onde localizaria seus corpos vestidos de branco.
Onde os acolheria.

Eles nunca te diziam o verdadeiro nome, mas talvez você os reconhecesse caso os visse de novo por estas ruas, indo e vindo pelas docas depois de escurecer, retirando-se novamente. Nas manhãs eles já se aprontaram para penetrar de novo naquela linha sem fim que se estende diante deles.

Por vocação, esses homens, marinheiros, viajantes, errantes, nunca podem ir fundo demais em nada. Você está aprendendo. Você aprendeu. Você jamais investiria tudo num só deles.

Ancorar quaisquer raízes seria demasiado antitético.

Durante o dia, você fica num quarto de hotel, pensando.

À noite, você sai e vaga até a escuridão dos pátios em que os barcos deles cedo ou tarde balançarão.

Alguns te trarão a bordo.

Alguns mostrarão imediatamente que sabem muito bem o que você quer. Vocês bebem juntos. Eles vão te motivar a prosseguir. Quer mais um. Eles queriam mais, ainda mais. Naqueles diversos escapes da sua imaginação, sentindo a necessidade de descrever isso de alguma forma a alguém mais tarde, o que você poderia ver em todos eles, em cartas, haveria sempre um retorno a Adônis, Apolo, deuses, filhos exemplares.

Você era o inteligente, um agente de cura, à procura de um gêmeo, um irmão, que te ouvisse falar.

Outro hotel tem nome de homem.

Ele está esquentando, te empurrando até o chão ali, depois te puxando de volta para cima, para cima, para as mãos dele.

Imagine que ele também te amava.

Você se apaixonou por um filho de alguma mãe.

Durante toda a noite, aquela ponte se ergue em silêncio diante de você.

Vocês passam por ela de novo, juntos, a ponte entre o seu corpo e um outro corpo.

Você os procura pelos nomes estampados nas camisas, sente que realmente conhece alguns deles a partir dessas etiquetas, tabelando essas noites, como na sua mente você encostou neles de novo e de novo.

Eles gostam de você um pouco mais em cima.

Você gosta deles um pouco mais embaixo.

Eles te espiam sair do bar.

Às vezes você prefere que eles pareçam ser mais rasos o possível. Isso faz parte. Você sabe exatamente o que eles queriam. Vai na frente e lhes dá acesso, desde que sejam belos.

Deixa que entrem no seu quarto.

Você os acha belos.

Alguns deixam você ler para eles.

Alguns te viam como um grande poeta.

No escuro, vocês ficam suspensos um diante do outro, erguendo assim uma ponte, os olhos fazendo com que se aproximem, se posicionem melhor, talvez até mesmo nomeando sensações, deixando parecer agora que algo te escapou.

É assim que eles se comprimem contra você, fazendo o seu corpo ondular. Você se joga o mais para trás que pode, aguardando a partida deles, que sabe que vai chegar.

Quando é expulso das festas por causa das bebedeiras que já não pode controlar, agora você sabe para onde ir.

Volta ao mesmo lugar repetidas vezes, de volta a esse mesmo lugar perto da água.

O ar noturno te envolve, te cobre quase completamente, corre por cima de você a cada passo que te distancia, e os sentidos se aguçam ao serem expostos a ele.

Agora você está vivo.

Esqueça da prata e do ouro.

Encontre uma forma de manter a lua no céu, por cima das suas mãos.

Ele vem andando atrás de você.

Só depois de se virar e encará-lo você saberá se ele é como você, outra pessoa como você que sempre esteve ali.

Alguns iam tentar usar esse conhecimento, essas noites, esses encontros na rua contra você, mas quando mais longe você vai, mais risíveis vão se tornando as chantagens.

Você certamente já foi acusado de coisas muito piores a essa altura.

Não é mesmo.

Todos os marinheiros estão de uniforme branco.

Todos os caras estão te esperando. Foi você. As bebidas são por sua conta.

Você tinha começado a se disfarçar como um deles, até, sem objetivos velados. Estava fazendo um espetáculo de si próprio. As pessoas se agrupavam ao seu redor para saber até onde tinha chegado a sua ousadia na noite anterior.

Agora você está pedindo, à sua maneira, um pouco de consolo.

Você os tinha na mira.

Adiciona as combinações deles no seu pensamento.

Como ainda viravam dentro de você como chaves.

Eles retornam a seus navios.

Você já deve ter acumulado uma frota inteira, a essa altura. Você retorna a um dos quartinhos. Um ciclo se iniciava agora.

Você afugentava alguns dos homens mais velhos.

Era aquele dente de tubarão pendurado no seu pescoço, o fato de que já alegava saber exatamente o que queria.

Eles acham que o amor deve ser a última coisa que te ocorre.

É o fato de que você não tem medo de expor tudo à luz do dia, não mais.

Não mais.

A festa tinha acabado, de qualquer modo. Não havia nada para você ali, de qualquer modo. Você saía, se dirigia à porta, às praias, chegava a beber de dia.

Uma bicha grosseira, é o que diria um de seus contemporâneos. Alguns te viam cada vez mais sob esse prisma, recusando convites para te encontrar em algum lugar para uma bebida.

Você queria falar sobre poesia, mas olha só o seu estado, eles dirão.

Dê uma boa olhada em si mesmo.

Quando foi que escreveu pela última vez.

Você não escreve mais poemas, não de verdade.

Você escreve cartas, muitas que ficaram sem resposta.

É preciso abrir mão de alguns fatos concretos, começar a seguir em frente.

Tocá-los exigirá uma reencarnação mais aceitável de você. Fará com que se sinta começar a escorrer pelos próprios dedos, a não ser que haja uma história em torno, te dando segurança.

Agora você tem coisas que sentia lhe serem negadas quando era garoto em Ohio.

Você despenca cada vez mais longe.

Esses homens devem significar alguma coisa para você.

Sua verdadeira história assume a forma mais humana de um personagem com limites já delineados.

Havia bebidas, música.

Havia a sua cama, onde você é subjugado pela forma dele chegar.

Dessa vez, somente essa vez, a noite será tudo, um vislumbre certeiro, puro. Você aprenderá a ser capaz de receber, a nunca se cansar de todas as repetições, essas carícias, fora, ser capaz de avistar a terra de novo à distância, em breve.

Essa única noite, esse único vislumbre, serão repetidos tão infinitamente quanto for possível.

Ele resmungou algo que talvez tivesse ou não a intenção de dizer, sobre como julga saber quem você é, acha que você é outra coisa, outra pessoa.

Ele te prensa contra a parede, não solta.

A sombra dele viceja ao redor do seu corpo.

Você segue as dicas que eles dão.

Você se resolve. Há o eventual silêncio de abandonar esse local, sozinho, imitando os movimentos dos que partiram antes de você.

Você seguiria em frente.

Ele te entrega a camisa para que você o vista, há um nome essa noite.

Você iria vacilar.

Chega até você em clarões.

Tenha certeza de que isso não era novidade para você. Homens levavam mulheres para a cama. O seu dia vai chegar.

Você sabe disso.

O que você adota é uma certa espera.

Aquelas garrafas verdes contêm muita coisa diferente, suas mãos as envolvem pelo pescoço. Às vezes você exigia demais de si mesmo. Você sabe que tudo que deseja agora é se soltar.

Havia treze botões num par de calças dele. Havia uma maneira de segurar a perna dele, posicioná-las apenas um pouco abaixo de você, que fazia ele gostar, fazia ele voltar.

Um ou dois deles lembrariam de você um dia, guardariam a sua fotografia naqueles lugares que visitam em sonhos.

Havia cartas que alguns marinheiros não podiam guardar, alguns que jamais poderiam contar para ninguém a seu respeito, alguns não exatamente imparciais quanto aos seus sentimentos, à revelia de seus desejos.

Se lavavam de manhã e iam embora. Iam embora várias vezes. Depois davam um jeito de retornar a você seguidas vezes, o que traz a sensação de ter cruzado irreversivelmente alguma fronteira que ainda restava.

Você se deixa levar pelo que é mais conveniente a ele.

Havia os maus tratos.

Você é só líquido, águas.

Aqui, contra essa parede, virando a esquina, ele te parava.

Como o desejo se intrometia o tempo todo em você.

Como eles arrebentam sobre você, as mãos correndo e freando sobre o seu corpo.

É só o que você quer, não mais querer.

Como ele desvia a luz ao entrar em cena, abrindo as cortinas para as ruas da cidade.

———

Você espera que ele apareça aqui, alguém que possa responder na mesma moeda.

Basta esperar ali naquele bar pelo tempo necessário, basta pagar algumas bebidas.

Às vezes leva horas, horas gastas da sua vida.

Que idade você tinha essa época.

Às vezes você ainda tenta se cuidar.

Ele vinha, partia, vinha. Havia toda uma procissão deles, de eles, vestindo branco.

Você seria todo líquido nas mãos deles.

Era uma maneira de tentar matar tempo sem enlouquecer aqui, estar sempre tão sozinho, sempre sozinho com as palavras em sua cabeça solitária.

Você era a primeira coisa que alguns deles vinham procurar assim que desembarcavam dos navios.

Não permita que a nova proprietária os aviste caminhando nas lajotas, o caminho até o seu quarto.

Você os chama de farra-de-uma-noite-só, gostava de fazer isso de vez em quando, essas idas e voltas até a doca, de uma ponta à outra, a noite toda.

Você está matando tempo.

Eles estão te ajudando a matá-lo.

Você gostaria de se recolher com um bando deles num quarto de hotel qualquer.

Gostaria de chamar isso de um retorno àquela cena original, quando os encontrou perto da balsa, segurando luzes nas mãos.

Quem de vocês iria cometer o deslize, ser visto como aquele que mais obviamente tomou a iniciativa da aproximação.

Quem de vocês iria finalmente ser homem a respeito disso.

Humpf.

Eles ficam tão desesperados que te dizem exatamente o que querem, começam a te responder quando você faz perguntas com o corpo. Você os segue por muitas e muitas quadras. E então, afinal, você cai em suas derradeiras ondulações atrás dos prédios.

Você sairá para ver o oceano depois, para pensar em si mesmo.

Querido Hart Crane.

Havia um sentimento ali.

Você pensava nele, pensava bastante nele.

———

Na cidade, você saía bêbado das festas de seus amigos bem-dispostos e se levava cada vez mais longe.

Você se conduzia até a rua.

Dessa forma, toda noite, você abandona Nova York e vai até os limites da cidade.

Encontrará um marinheiro nas docas. É uma aposta segura.

Surgem os passos dele.

Se você olhasse agora, se virasse agora, ele poderia reposicionar as mãos para você, ser mais óbvio.

Há algumas ruas pelas quais você pode caminhar não importa quão bêbado esteja. Você chega cada vez mais perto. Há as docas de New Jersey. Você já sente ela se acumular por dentro, essa água que te cerca.

Há noites em que isso te leva de volta à base da escrivaninha, antes que as buzinas dos navios noturnos silenciem completamente.

Você vê todo o resto ser levado embora diante de você, atrás de você, ao deixar essas noites para trás.

Você não fala.

Isso não quer dizer que vocês não estão se seguindo.

Você aprende a linguagem deles, aqui fora, no escuro, aprende a gostar dos que guardam consigo ainda mais.

Você se espreme entre as grades do seu corpo, medindo o corpo deles, braços como barras longas envolvendo o seu corpo periodicamente, te segurando firme.

Os navios deles estacionavam sozinhos.

Este era cubano.

Você gostava de estar perto da água, do porto, sempre.

Você desce a rua e os traz para o seu novo quarto.

Teve que se mudar de novo. É dinheiro, um monte de coisas.

Os marinheiros chegam e passam um tempo, fazem a sua mente fugir um pouco dos problemas. Você anotou um histórico dos nomes dos navios, infiltrou esses nomes entre as linhas da sua obra, pois você os via por toda parte, os perseguia com os olhos.

Quando em Roma, pague uma bebida a eles.

———

Quantas outras maneiras havia de preencher e apagar um dia. Quantas outras maneiras de viver. Quantas outras maneiras de amar.

O que você estava fazendo.

Sua mãe estava escrevendo. Você não está respondendo.

Um marinheiro dorme profundamente dentro de você, agora que seu navio já zarpou.

Lá vêm os americanos, seus uniformes brancos como bandeiras de rendição justas em seus corpos, descendo em terra firme.

Havana está coberta de corpos.

Você procura coisas na areia.

Aqui também existem marinheiros, por toda parte. São uma espécie universal.

A sua poesia é uma coisa e a sua vida é outra.

No calor de Havana, deixe que ele conte mais sobre onde exatamente você estava.

Você estende os seus braços no sol.

Às vezes eles contavam a você um pouco mais sobre si próprios, como esse, que tem uma irmã. A irmã poderia te ajudar a fazer com que as cartas cheguem até ele no futuro.

Você ainda tem apenas uns vinte e cinco anos, mas será como se a sua vida parasse aqui, agora. Você não ia querer ficar mais velho que isso, mais velho do que as tatuagens, uma ou duas, internas, que já deve ter adquirido a essa altura.

Você vai parar aquela noite num quarto de hotel não identificado, em algum lugar da Califórnia, os luminosos piscando lá fora, propaganda interminável para a vida.

Você não era o seu pai.

De uma certa forma, é como trocar parceiros de dança. Existem os homens que voam em aviões, estrelas diferentes, atravessam casas de nuvens.

Nada mais. Nada menos.

Para você era somente natural querer se apegar.

Sabia que podia não haver mais nada para você, não aqui.

Você estava morando com amigos e eles estavam ao seu redor, por todos os Estados Unidos.

Muitos achavam impressionante você ainda estar vivo com o comportamento que teve. Você já não tinha casa, na verdade, mas tinha vinho de graça, para os lados do oeste, e mais liberdade.

Uma cidade diferente, mais outra.

Liderando homens para a linha de frente, as minas terrestres e as proas.

De licença, eles dançam em torno das mesas de bilhar, soldados nus. São exuberantes e leem tudo somente pelo viés de seus próprios apetites.

Não havia melhor negócio que negócio algum.

Eles chegam para traçar a sua rota.

Você não conseguia trabalhar e escrever de jeito nenhum, portanto se mudava de um lugar para outro, tomando tempo emprestado. Ainda havia quem estivesse disposto a te ajudar.

Sua pele refletia a pele dele frente à sua pele.

Por um segundo apenas, você achou que isso que te motivava podia ser amor. Então teve a impressão de saber desde sempre que deveria ter sabido das coisas. É o que se vê no seu rosto, o desviar dos olhos por enquanto, até que você possa pensar com mais clareza.

Como poderá ressurgir em outro lugar, em outra hora, de novo.

Sobre as palavras se devia refletir sozinho, mais tarde.

Você sabia exatamente por que eles estavam partindo.

São feitos e treinados para isso.

Você teria um quarto para onde fugir em Paris, com uma vista para os uniformes deles caindo uniformemente no chão, um após o outro.

Esse era da Espanha. Você escreve sobre ele para outro amigo.

Fazia um pouquinho de diferença, compartilhar as novidades.

Você sabia o quanto eles desejavam ter algo, qualquer coisa, antes de embarcarem novamente.

Sabia onde encontrá-los, se procurasse o bastante.

Você faria a travessia. Estariam à sua espera do outro lado do mar, aquele corpo reluzente de água.

Você tentaria uma vez México.

Poderia escrever sobre a realeza lá, o sangue que outrora verteu e engoliu tudo, no rastro dos reis.

Pensa que isso poderia te servir, mas não sabe nada sobre a cultura deles, na verdade.

———

Eles te forçam a ir cada vez mais longe, com frequência cada vez maior. Você não consegue se controlar. Tenta pegá-los e pegar neles.

Pense em todos esses homens que jogam palavras em cima de você, em como certas palavras grudam. Pense então em como na hora nada disso importava, naqueles momentos em que você era finalmente encontrado, confrontado com aquilo que desejava, de maneira igual, por outro.

Você estava se dedicando a criar um mundo diferente.

Estava começando a se diferenciar.

Estava à espera das visões que iriam te afetar completamente, certificar a sua vocação. Você era um lutador.

O mar embalava todos aqueles navios e os levava embora.

Agora você contava o tempo que tinha passado ali pela quantidade de navios.

Está fugindo de qualquer confronto consigo mesmo sei lá desde quando.

Quando escrevia, as palavras podiam se revelar mais decepcionantes, comprometidas, mais necessariamente redutivas daquilo que sua mão deveria estar realmente buscando, tentando encontrar.

Você estava à procura de palavras, pensamentos grandes o bastante para viver e se expandir dentro. Como você ainda era capaz de desvelá-los, estendê-los ainda mais, torná-los mais abrangentes.

Você queria mais possibilidades.

Precisava apenas chegar a um lugar onde tivesse a sensação de poder permanecer, para começar.

Você sai e olha a sua visão, o mar.

Ele te faz estacar bem onde está.

Olhar você era como ver um irmão sofrer. Rimbaud morre com um membro a menos. Você acabava parando no topo de outro telhado, pensando em como descer e, uma vez embaixo, subir.

Você estava ficando cada vez mais amortecido diante da própria vida, se fragmentando, sempre num ponto de partida.
O que exatamente define a fé.
E se o que te fez parar, tantas e tantas vezes, é a incapacidade de saber se estava no caminho certo da sua vida.
Você só quer saber.
Você só quer ver.
Você está procurando alguém para seguir, desiste, entra num beco sem saída.
Outro se emparelha ao seu lado, se apoia ali contra você. Você tenta esquadrinhar o rosto em busca de algum esplendor para te direcionar, te assegurar.
Você está em algum lugar desse corpo, esse corpo como o dele.
Ele se esfrega em você, nas suas costelas.

———

Ficava mais escuro a essa hora da noite, toda noite, com você nas sombras, seu cabelo menos sol.

———

Uma mulher que você acha que poderia ser perfeita para você, a primeira da qual pode se imaginar estando ao lado, amando, com quem poderia se acomodar, uma mulher que poderia te salvar.
Você estava ficando velho demais para essa vida, para essa luta solitária.

Seu plano era se casar, agora.
Você achava que isso aquietaria uma boa parte de você.
Você a encontrou de novo no México, já se conheciam um pouco.
Essa luta para encontrar algum lugar que te acomodasse podia ser levada a cabo.
Ela te convenceu.
Vocês dois eram tão solitários.
Ela pode ser exatamente o que você necessita. Você abriria mão de tudo, das noites nas periferias de várias cidades onde eles desembarcavam e você os seguia. Você ainda escreve para contar vantagem a uns poucos amigos.
Você arranjaria flores para ela, arranjaria um casamento.
A casa dela ficaria coberta de flores, um porto seguro, um lugar respeitável onde você finalmente poderia deitar a cabeça, aliviar a preocupação de todo mundo.
Você finalmente encontrou uma boa garota, igual à sua mãe, como ela sempre quis. Talvez agora você pareça ser algo mais aos olhos de muita gente. Poderão começar a levar a sua poesia um pouco mais a sério.
Sua história pode não parar por aqui.
Pode ser mais fácil para algumas pessoas engolirem as suas palavras um dia.
Você pode ser considerado alguém mais importante.

Olha só para você.
Você encara o próprio olhar dentro da cabine, retornando de navio para a América.
Já pintaram um quadro seu.
Era uma pintura em que seus olhos estavam fechados, em que não havia a menor tentativa por parte do artista de explicar a sua alma.

Você atacará essa imagem com uma navalha durante um dos acessos de fúria contra si mesmo, diante de uma plateia, alterado pela bebida.

Deixe tudo para eles.

Você tinha a navalha do seu pai.

Você está com uma série de coisas em mente.

Está calmamente declarando o tamanho exato da sua exaustão nesse momento.

Você tem trinta e quatro anos.

Há um mundo lá fora.

Os nomes de um ou outro marinheiro virão à superfície mais tarde, enquanto a sua memória morre.

Você tentará diversas formas de escapar. Você sempre tentou diversas formas. Poderia tomar comprimidos de novo, como fez quando garoto.

No navio, você tentará escapar, mas a gravidade vai te puxar.

Com as mãos na balaustrada, você testará a convicção.

———

Você está voltando para a América com uma mulher para se casar. Ela está no navio com você. É depois de ir à cabine dela dizer adeus que você finalmente agirá.

Você deixará o México num navio para retornar para casa, antes de se estabelecer para se dedicar ao seu trabalho, à nova vida que terá com a nova esposa.

A bordo do navio, apesar do noivado, vocês ficam em cabines separadas.

Ela está na porta ao lado, a mulher com quem você vai se casar.

Vão te dar remédios para tentar te acalmar a bordo do navio, depois de te arrastarem para longe da balaustrada.

Mal conseguem te controlar, mas os médicos do navio estão tentando te salvar.

Deram comprimidos para você dormir, para tentar garantir que você se manterá calmo a bordo do navio durante o resto do caminho para casa.

Poderiam te prender pelo modo como tem se comportado diante dos homens.

Você já está se afogando faz um bom tempo.

Você sabe disso.

———

No convés, as pessoas te deixavam deitado ali no chão.

Não há como te controlar, para dizer a verdade.

Não havia lugar para você abaixo do convés.

Você sabia disso.

Você nunca chega a contar à sua mãe a verdade sobre si mesmo. Nunca.

Naquela noite, trancaram você a bordo de novo, dentro do seu quarto.

Pregaram a porta, para o seu próprio bem.

Você foi espancado.

Você daria um jeito de sair.

Você está colérico, enquanto a mulher com quem você irá se casar, ela que gostaria de acreditar que será capaz de te mudar, que sabe tudo a seu respeito, te espera num quarto separado.

E se você abordasse um ou mais dos homens, garotos, tripulantes errados aquela noite. Daria uma história melhor, um motivo melhor, explicaria como seu rosto ficou tão machucado, tão arruinado, todo aberto aquela noite.

Todo o seu dinheiro tinha acabado.

Você está com medo agora, mesmo, de se apresentar em casa.

A água estava negra essa noite.

Você não consegue enxergar nada nela, não depois do modo como ela te engoliria.

Sabiam que você poderia tentar de novo, te arrastaram para longe da balaustrada, os seus braços uma cruz brandida contra o horizonte.

Deviam estar de olho em você.

Você foi de um bar do navio ao outro naquela última noite, queria encontrar uma saída, tentar com um homem após o outro.

Você tinha medo de lugar nenhum e de todos os lugares, cada vez mais.

Ninguém sabe o que realmente aconteceu.

Você não consegue manter a calma.

Junto com o seu nariz, seu lábio, o seu espírito também foi partido.

Você pulou dentro daquilo em que dorme.

Por um instante, seus braços hesitaram um pouco, mais uma rodada, e então se resignaram. Você os deixou cair, como o seu último poema.

Naquelas ondas, você estava ali, indo mais fundo.

Você terminava ali.

Cuidar. Tomar cuidado com você. Não te abandonar.

Dyer

Você foi pego por essa continuidade.
Seu cabelo está em chumaços nas mãos dele.
Bons e velhos rapazes, ele assobia as canções.
    Já se perturbou, já se desintegra, já se dissolve diante dos olhos dele esse estudo para o seu retrato, essa vida instável.
    Francis Bacon acha que quase sempre vivemos por trás de telas, uma existência velada.
    O problema da pintura é esse. Estamos potencialmente citando a vida e nada mais.
    As notícas que chegarão pelo correio não serão supresa. Um dos homens que ele gostaria de ter amado já morreu. Pensar na morte hoje em dia, todo dia, acabaria se tornando uma espécie de luxo para ele.

Ele não quis te machucar, jamais teve a intenção de te machucar.
    Começa com um vento, algo que ele não pode controlar. Alguém teve ciúmes.
    Como o seu sangue mancharia tudo, a roupa de cama, tingiria as flores lá onde você é atingido sem intenção.
    Tudo que te sobra, depois de ser tarde demais, depois que ele já não pode mais simplesmente dar risada, a sua boca despejando, um corte profundo, tudo dentro de

você escapando, é a tentativa de mostrar isso por meio daqueles reflexos mais tradicionais, o seu infortúnio, como ele distorce, assinala para você, com todos os contrafluxos de um personagem mais real.

Eu, ele te diz, eu era o som do grito grego.

Vocês eram corpos numa cama.

Outro esteve aqui antes de você, do mesmo jeito. Antes de você, houve Peter Lacy.

Nunca esquecer como os seus reflexos mudavam.

Talvez você possa se curvar para beber daquela mesma fonte, da mesma nascente, da mesma mão que te alimenta, que poderá te compelir, te atraindo para o fundo.

Aqui estava você, sentado no sofá dele, a ideia dele, o ideal, de um homem.

Você olha à esquerda e à direita por causa dos carros que fazem barulho lá fora.

O que há no final quando ele se aproxima de você por outro beco, mais escuro, pelo corredor dele.

Você não está exatamente ali quando ele te pinta, mas sua presença permanecerá sempre.

Entre dois lugares, algo suspenso.

Você está alterado pela bebida à noite.

Ver você assim, ofuscado pelos pontos brancos bem diante dos seus olhos, como você se sente.

No quarto, ele se concentra na linha das suas pernas cruzadas, te pinta, te despindo, cruza as suas pernas para você, cruzando pernas com você.

Num dos quadros há algo que se parece com água esparramada em volta, embaixo de você. Era uma água negra que não dava nada em troca, uma terceira dimensão de um reflexo qualquer, aquela coisa que ajudava a te jogar de volta até você, de encontro à sua própria parede.

Na tentativa de capturar a variação dessa vida, ali estava algo que se parecia um pouco com você.

No devido lugar, onde estava você agora.

Onde. Em que lugar da história.

Dê um salto.

Tente segurar com mais força na mão esse desdobramento, essa oferenda.

Dê a ele o seu corpo.

Chega de rapazes estáveis.

Compare-se com outro.

Faça desse laço, aparente nó, outra maneira de tentar se ver melhor.

Peça que ele também tire a roupa.

Com os membros se agitando por um tempo tão curto, daquele jeito, desse, por que se concentrar nos detalhes das datas, daquelas marcas pessoais, daquelas batalhas pessoais, quanto mais perto você chega de ter ido embora.

Por que algum dia. É possível uma história melhor entre vocês dois. Há o aqui e o agora de como certa feita você chegará e entrará nos lugares dele para que ele se sinta gloriosamente desfeito.

Você poderia.

O estudo da sua pessoa sob essa luz será, para ele, o objetivo a alcançar, algo que ele nunca chegará a obter, capturar, em toda a vida, isso que o fará seguir em frente, aquela busca por uma certa vitalidade.

Ele chamará isso de agarrar.

O corpo dele serve de apoio.

O pé dele escorre para longe do lado da cama.

Como ele vai saindo.

É para contemplar você, a forma como você oscila, expõe toda a sua transitoriedade naquelas sombras, naquelas ocasiões, ele prende, uma brisa ocasional cruzando o peito quando ele deixa a janela aberta, à espera.

Havia outros homens que poderiam tê-lo facilmente invadido.

O que você estava disposto a fazer, em silêncio, camuflado, era se infiltrar nos quadros dele, trazendo o olhar dele até aquele ponto mais embaixo que é você.

―――

Ele estava parado em frente ao caixão de um amigo.

Iam celebrar comedidamente, depois, todos eles.

Mais um que se foi.

Isso os aproximaria um pouco mais uns dos outros, ele e o grupo que se reúne com ele nos bares.

Homens jovens se infiltravam entre eles.

À medida que os corpos que havia conhecido iam se somando, ele os contava. Outro amigo dele tinha se afogado no banho. Mas dependia de como as evidências surgiam. Um namorado marinheiro pularia do navio pouco tempo depois, quando achasse adequado, seguindo esse exemplo.

Ele o desmonta dentro da cabeça, esse sentimento que o cerca, para entrar nele.

De vez em quando uma imagem sairá da tela. É isso ali, você. Ele acha que pode ter captado alguma coisa dessa vez.

Há alguém que veio antes de você, que era um pouco como você e que se apagaria um pouco, agora, na sua presença. Haveria outro como você, depois de você, sem dúvida, para dar prosseguimento.

Você estava avaliando o quarto dele, quanto espaço havia para você se encaixar.

Você não é o único.

Você sabe disso desde o princípio.

Ele pode resistir a ser levado junto, óbvio.

Pode tentar deixá-los para trás, um corpo após o outro, por outro, aqueles que morreram antes de você entrar em cena.

Pode resistir a ser arrastado junto com eles.

Para onde eles levariam.

Pode tentar aprender a viver dentro do círculo que formam ao seu redor e que o faz lembrar sempre outra coisa ou lugar.

———

Digamos que tenha acontecido mesmo da forma que ele alega.

Digamos que você de fato, numa noite escura, enquanto os gatos se esfregavam nos cantos dos prédios, daqueles edifícios, tenha forçado a entrada na casa dele.

A janela cede com um simples estalo, uma resistência leve e seca.

Você está dentro agora, a sua sombra se esparramando no piso, assomando sobre ele, que se vira, confuso, tentando focar na mente o que deve fazer agora, os lençóis jogados para todo lado, depois todos para o mesmo lado.

Você fica ali parado.

Quando vê a sua forma, o seu rosto, acima dele, contudo, ele não segue tentando se cobrir.

Pede que venha, se aproxime. Não precisa correr.

Você não precisa fazer nada além de cruzar o quarto, se ajoelhar ao lado da cama, deixar que ele tome a sua cabeça entre as mãos e esfregue o seu pescoço.

Dispa o seu manto, junte-se a ele na cama. Estarão apenas vocês dois quando ele te disser para levar o que bem entender, tudo que quiser é seu.

Ele é seu, pode explorá-lo.

Chute as botas longe. Livre-se do seu monte de roupas.

Um dia nem ele estará mais por perto para ver o que você será capaz de inspirar, como sua presença poderá melhorar a história dele.

Você deixa um palito cair no chão.

O corpo dele aguarda.

Você chuta para o canto uma lata contendo algum líquido, abre caminho até ele.

Você não está ali especificamente para desafiar a sua autoridade.

Está ali para dar a ele o que ele quer.

Chega de homens velhos para ele.

Ele está se tornando um agora. Os papéis se invertem.

O carpete do quarto é vermelho.

Você é o mais jovem, segurando as mãos dele por trás das costas, imobilizando-o.

Sabia o que fazer e disse isso a ele.

Com a sua respiração por cima, a compostura dele começa a vir abaixo, o brilho dos seus dentes cada vez mais próximo.

Ria, pois ele vai gostar.

Você afunda bem a sua mão livre na cama, no lugar em que ficariam os bolsos dele caso ainda estivesse vestido.

Você podia pegar o que quisesse.

Eis um homem que não tem medo.

Ele quer alguém como você, te convida para ficar, e ali você depositaria, até não poder mais suportar, o seu coração.

———

Por mais atrás que se vá para rastrear a sua origem, ele será o registro mais remoto dos seus dias, a primeira vez que você é documentado.

É como quando você começa a ganhar existência, com ele, já ali, no meio da vida.

O que está adiante à espera se estenderá a partir dele.

Você faz alguma ideia do que deve ter se passado antes.

Poderia ter perguntado a ele quem era esse na sua frente, esse corpo que viu riscado a giz na tela, pintado em outras, Lacy.

Ele poderá dizer que é alguém que morreu. Poderá ser isso.

Ele quer deitar aqui com você agora, George Dyer.

Os homens parecem não conseguir fazer isso, não com a frequência desejável, não o suficiente, hoje em dia.

Nas mãos dele, estranhamente, você começa a se tornar outra pessoa, mais George.

Nas mãos dele, estranhamente, você fica um pouco mais estável, mais como alguém por um tempo, e assim, por vezes, você já não tinha mais muita certeza de quem era, sem ele.

Se perguntassem a ele como te conheceu, ele poderia dizer a verdade ou poderia dizer o que apostava que eles gostariam de ouvir.

Ele saiu para mais uma de suas festas.

É isso que homens como ele faziam, quando não estavam rondando as ruas em busca de algo para levar consigo. É assim que ele passa as noites ultimamente, enquanto a morte que ele vê ao redor assombra tudo.

O significado se torna essa tendência a sumir.

No escuro, em sua mente, ele remói uma opulência que era capaz de extrair, de pintar a partir disso.

Havia uma maneira de ficar mais bonito para ele, uma maneira que o deixava mais inclinado, que aumentava a probabilidade, de ele querer ser visto ao seu lado. É dessa maneira que você está quando aparece para buscá-lo para ir ao lugar onde ele se embebeda.

Há um espelho atrás do bar, você vai beber para se ver lá junto com ele, a porta de vidro balançando atrás de você.

Nos bares, as palmas da sua mão envolvem a haste dos cálices.

Ele quer saber se você já está pronto para ir para casa com ele.

Não é a sua casa.

Tem outra que ele comprou, uma casa nova na Narrow Street. Ele disse à imprensa que esse é o lugar onde tem certeza que será assassinado um dia.

Ele gostava de um pouco de sensacionalismo, de vez em quando.

Retorna ao bar depois de uma mesa com os amigos, te belisca, diz que está verificando se você ainda está acordado. Você não adormece em bares.

Ele estava contando a eles a história de como vocês se conheceram.

Eles fingem estar interessados.

Você escuta ele contar novamente o que disse à imprensa.

Dois a dois, você subiu os degraus, enquanto as luzes da rua eram apagadas uma a uma.

Você fazia companhia a ele.

Não esqueça.

Ele está tentando te ensinar o que você podia fazer fora daqueles recintos onde podia ser como quisesse com ele, nos quais é isso que ele quer, como se comportar ao lado dele quando os dois estão em público.

O que é aceitável.

Nunca seria bem o que você é.

Ele te mostra para os amigos.

Lá estava você, no bar, mais uma vez.

Você era sobretudo uma indicação da posição dele quando ele olhava para o seu rosto acima, de joelhos, diante de você.

Olhe só para você.

Agora você está posando aqui para ele.

Como essa cadeira está ali para você.

Sentado na beirada de uma cadeira, ou sentado na ponta de uma cama, ou deitado de barriga para baixo, sobre ele, em cima dele, na mente dele, ninguém teria o direito de condenar ele por te amar, ninguém.

Não é o lugar deles.

Ele estava te pintando de novo, mais o que seu corpo podia fazer, ao redor dele, como o seu corpo o circundava.

Ele te circunda nas pinturas.

Está pintando de novo, e você se vê esboçado cada vez mais por dentro.

De que maneira você podia controlar isso. Como poderia medir a extensão da sua própria mão no que ele produz. Há noites em que ele acha tão difícil fazer a tela falar. Você ajuda. Ele não seria capaz de fazer isso com você, com ninguém, tão facilmente, sem fraquejar. Sempre exige algo da parte dele. Ele toma o cuidado de que seja doloroso para ele.

É como pintar o destino apontando o dedo para os seus sentimentos.

Ele não conseguia evitar.

Põe você sentado ali na frente dele, um espelho.

Há duas imagens.

Ele não pinta simplesmente na sombra, borra o seu rosto, a textura da sua carne, para dar início a uma perturbação.

Ali ele permite que as linhas se dirijam para onde necessitam ou tendem a ir, quando são puxadas pela gravidade, tragadas pelas emoções.

Onde uma flecha perfura, pontuando como se fosse o espaço real, o significado é atraído, uma afinidade para ser vista, trazida para dentro dos elementos que são caros a ele. Para ele, você ali é algo além.

Ali está o que mais te perturba.

Como a memória sai.

Pisca por um instante, um apalpamento que se prolonga e prolonga até se plantar em algum lugar profundo dentro da sua mente.

Ele te observa do outro lado da sala, está te pintando com base na memória. Captará e borrará a palpitação de suas extremidades nervosas, tentará isolá-las, movê-las pela tela como se fossem a mobília em que nos batemos, que arrastamos do canto da sala para o centro, para um ponto mais seguro da moldura das quatro paredes, as janelas enegrecidas pela noite.

    Depois, de volta ao andar de cima, você começava a escapar dele novamente.

    Olha, ali você estava.

    Sua boca está abrindo, rasgando, aparentemente despejando mais palavras do que o realmente necessário para uma pessoa em sã consciência.

    Constante, com os lábios.

    Você desvia o olhar para o lado, os seus sentimentos sobre a mesa.

    Estúdio, você está posando, as pinceladas agora somente na cabeça dele.

    Ele te capturaria mais tarde, mais completamente.

    Há noites em que você tem medo de encarar diretamente essa luz dele, o modo como os olhos dele investigam no escuro, à noite, ali.

Há noites em que você não suporta essas salas vazias, ver como ele as pinta a seu redor, o espaço a seu redor deixando de se expandir pictoricamente.

    O lado de fora é uma escuridão.

    Um lugar dentro de você se abre ao descer as escadas.

    Você dá voltas e voltas a pé no centro, na cidade, em círculos.

Ele quer desenhar uma linha em volta de você, para te manter vivo, onde, como, e agora você começou a tender à ausência, já em vida.

Ele tentará te situar, te dispor na história de uma imagem, te conferir significado. Você entende que uma mandíbula forte não é nada além de osso, ser segurado pelas mãos de outro. Nada mais, menos, esfregado de cima a baixo, despedaçado ao longo do tempo.

Mais tarde ele te montará inteiro de novo, te imitará, e toda provocação barata que possa ter surgido entre você e ele se perderá naqueles planos do seu corpo, os gestos de tinta que ele perfaz brigando com a sua imagem, às vezes subjugado pela mortalidade dela.

A mera presença basta para que um animal zele por outro.

Seu rosto estava sendo esticado pelas mãos dele, sob os comandos dele, as pinceladas tentando te domar.

Havia um animal capturado nesse simples movimento, imobilizado.

Você tirou a roupa. Ele te leva a fazer isso por ele, suas roupas caídas em volta, atrás do sofá, nos encostos das cadeiras. A emoção encapa você, tinge as suas costas, sua cabeça, seu rosto, ali, enquanto você fica à espera de poder rebentar.

Ele te conduziu para dentro e a isso.

Esse era o seu colchão.

Ele te passava de uma mão para a outra.

A sua mão arredondada, envolvendo as costas dele, segurando.

Aquelas luzes nos olhos dele à sua frente, acima, te virando por cima dele para ficar por baixo, luzes que recuam atrás dos olhos dele à medida que se acomodam a essa entrega que vai sendo provocada. O rosto dele na sua frente te distraia de qualquer coisa que se infiltrasse pelas janelas, qualquer outra luz, qualquer outro som.

Ele foi trazendo os seus poucos pertences devagarinho.

Trouxe roupas novas para você, uma bela capa de chuva nova, um belo guarda-chuva novo.

Então chegou o dia em que ele te deu uma chave.

Você destrancou a porta e entrou na sua nova vida.

———

Ele tirou uma foto, como quem primeiro põe no papel. Ele era diferente. Outros pintores faziam os modelos posarem. Não ele.

Ele te examina de diversos ângulos.

Faz com que se abaixe, olhe por cima do ombro diante do espelho.

Fica indo e voltando sob a luz da única lâmpada do quarto, indo e voltando perante o seu rosto que o acompanha, tentando permanecer contido, esquadrinhando, tentando descobrir onde você está, se esforçando para não sair correndo até a rua à sua procura, ver se você não está vadiando de novo. Em vez disso, tenta crer que é capaz de reter alguma coisa sua, sempre, de alguma outra forma, um retrato seu que ele, inegavelmente, captou ali em suas urgências e sutilezas.

Agora você vai contar a ele por onde você andou, contar a ele, enquanto a única luz do quarto te ilumina, enquanto as sombras da rua te dão um aspecto menos sólido.

Você fica ali parado, esperando ele terminar com você, a luz amarela nadando por cima de você, te moldando.

Ele pegou você em flagrante, sem qualquer esperança de se negar, inútil, acredita saber exatamente quem e como você é.

O tapete está quase tão sujo quanto as suas mãos.

Um dos seus olhos fuzila quando ele vira a sua cabeça de lado, empurrando o seu rosto pela superfície da tela.

Você está ali, de novo, como nunca antes esteve, em partes.

Ele percorre e ultrapassa essas últimas partes que restam como rastros.

Você era um conjunto de nervos, empacotado, contido agora na pele que te dá forma.

Você cai nas mãos dele, balançando o traseiro, se recolhendo cada vez mais dentro dessa gaiola que é estar com ele, desejando ser visto com ele.

Ele comenta a força que percebe nas suas pernas, diz que é surpreendente como elas são fortes, convidativas, te apontando para você mesmo, te ensinando como se ver melhor.

A lâmpada acima balança de um lado para outro, por cima da sua cabeça e da dele, lançando sombras em tudo.

É uma perspectiva, o seu desmanche, você em outro nível, um cão às vezes confuso diante de um espelho.

Ele saúda essa sua visão, um homem, um animal, nu.

Coloca você na cadeira da cozinha, tirou todas as suas roupas de novo.

Pinta você mais uma vez, esses ossos que estruturam somente a sua mandíbula, mais expostos em certos pontos, e passa esse tempo todo se dedicando somente à sua mandíbula, raspando a tinta acumulada onde ela engrossa a ponto de te obscurecer, refazendo de novo e de novo.

Ele iria fixar os seus braços firmes como esculturas, fazê-los pedra.

Eles irão exprimir emoção e erodir à medida em que ele faz de você o que bem entende, faria, cansado, uma língua meio dependurada, um cão provocado, a ameaça constante da mordida.

Alguma coisa dilacera a leitura da sua cabeça.

Ele te chama para dar uma olhada em si mesmo, se ver de um, dois, três, vários ângulos diferentes, enfoques através dele.

Haveria algo mais imediato que isso.

Precisava haver.

Você está fumando mais um cigarro, comendo.

Simiesco, diria um observador.

Mais que uma perna de cadeira, é um rabo, atrás, ali.

Braços te prensaram contra uma parede.

Ele fez de você cada vez mais um animal, te marcando, um macaco embrutecido, parado por um algum motivo diante do próprio reflexo.

Vão te devorar, te observando.

Foder constantemente, é tudo que parece seguir existindo.

―――

Já nas galerias, já nos bares, nos salões sagrados, seus cascos, suas galés, eles estão cantando de novo, alto e continuadamente, em todas as embarcações.

Você é novo, o novo dele, sua mais nova fuga por um triz.

Você foi investido.

Uma noite, você perguntou a ele quantos pregos vão num caixão. Você tem curiosidade.

Ele teria que pesquisar a respeito.

Teria que tentar pintá-los em seguida, os pregos. Você não fazia ideia de como seria difícil pintar um prego. Fazia.

Pense nisso.

Bobalhão.

Ele está pagando mais uma rodada.

Você queria que ele usasse palavras de verdade ao falar com você.

Ele resmunga alguma coisa entre os dentes para impressionar os amigos, os patrocinadores.

Na sua cabeça, de volta em casa, você ainda está ali esparramado no novo sofá de vinil laranja que faz sucção na sua pele umedecida, liberando-a com um ruído que parece um rasgo.

Como o seu corpo muda de forma ali nas mãos dele.

Você está todo espalhado, as pernas abertas com o surgimento crescente do seu desejo. Você está à espera dele. Ele tinha dito que voltaria logo para casa. Você o deixou lá no bar com os amigos, gente importante.

A que horas da manhã ele finalmente chega, aquela noite.

Está chegando de volta, retornando, dizendo que quer abrir uma janela ou algo assim. Diz que não consegue nem enxergar onde você está.

Você lembra como é estar naquele sofá, despertando mais, para lembrar onde estava.

Por que você não voltou depois ao bar. Por que não voltou para buscar ele.

Você deve ter tido algum motivo.

Ao entrar, ele não consegue enxergar, não consegue ver direito.

Há uma cadeira de quatro no chão, ele a derrubou.

Onde você estava.

A água fria da pia leva uma eternidade para esquentar.

Você quer lavar o rosto. Conversará com ele num instante, talvez tente explicar.

Ele não teme nada a não ser o dia exato em que isso lhe parecerá esvaziado de intensidade, você ali. Isso será a morte.

Diga alguma coisa. Diga a ele que está tudo bem.

Tudo se reduziria a um novo registro. O tremor ao redor das coisas se solidificaria quando o sol nascesse, quando a sala estivesse mais iluminada, com as conexões agora mais óbvias, o lugar fazendo mais sentido, já não tão fugidio, já não tão potencialmente fértil como antes, com você ali no sofá, nas sombras.

Diga alguma coisa.

Essa era a sua vida.

E se vissem tudo que vocês fazem juntos.

E se alguém chegasse a ver o que vocês faziam.

Você ficava nos bares com olhos cada vez mais mergulhados nos significados que ele dava ao seu rosto. O que isso significa para você.

Ele conta para todo mundo como você foi preso, quantas vezes, fala com eles em outra mesa.

É você ali no bar.

É disso que ele gostava. Você era para ele um sentimento extremo, elevado, que o preparava para aquela revelação posterior, uma descida mais profunda em suas próprias tendências, violência.

Você sabe o que vai acontecer assim que chegar em casa, essa noite, ao final da linha, quando todas as luzes da rua acabarem e todos dentro de casa se extinguirem.

Sabe o que ele vai querer.

Mais uma vez, os lençóis se espalharão ao redor dele. Você dará o que ele quer, deitado na cama, com o vazio pesando, o peso da eternidade, aquele quarto eterno.

Basear uma vida nessa sua fotografia bem ali, essa pintura, essa biografia, você perante os Deuses masculinos dele. Você e ele ainda viviam, agindo como animais, menos como plantas. Você não tem o caminho impedido por ele nem um segundo. Você estava vivendo. Uma hora, ele te transformará completamente. Ele rasgará sua obra, vai arruiná-la.

Há noites em que nada pode dar mais prazer a ele do que se recolher num canto daqueles para tentar ver se consegue te fazer romper, revelar ainda mais de si mesmo, contra a sua vontade.

Seu comportamento se assemelha cada vez mais a pedras em contato, como pedra contra tijolo, arrastado pelos cantos, ao redor, um frêmito raspando por dentro, por você.

Você fica consciente do modo como fala, do seu aspecto, da aparência que poderá ter para os outros.

Há aquele raspão na paleta de cores dele, cobrindo uma tela, como ele preparou você.

Era tão difícil para você abrir a boca, certas noites.

Às vezes você sentia que a sua cabeça não dava conta dele.

À medida que ele faz parte da vida se iluminar em você, ao mesmo tempo também começa a debochar mais de você.

Você não sabe o que ele quer. Vai saber o que ele quer.

Você faz pelo menos alguma ideia de quem ele é, o artista Giacometti.

Você irá conhecê-lo.

Essa noite.

Era um dos que gostavam de você.

Faz ideia de quem é ele.

Francis Bacon sentia-se mais próximo dele do que de qualquer outro artista vivo.

Não quer dizer que ele era homossexual, Giacometti, mas ele é um dos que gostava de você, um dos que realmente gostavam de você.

Giacometti parece tão relativamente à vontade perto de você.

Todos reparam.

No bar, Giacometti levanta da mesa e segue você até o toalete.

Você não sabe o que ele quer.

Você é semianalfabeto, lembra.

Mas Bacon acha que você deveria aprender francês básico, ir com Giacometti, posar para ele. Ele quer que você venha vê-lo em Paris. Giacometti quer pintar o seu retrato.

Os dois podiam pintar o seu retrato.

Ele morreria logo, portanto preste atenção nessa noite.

Veja a noite passar piscando pelos seus olhos enquanto as cabeças se viram, as mãos se dissolvem na sombra à medida que eles, Bacon e Giacometti, deixam os bares para trás.

Londres. Você está em Londres.

E o que dizer de Giacometti encostando assim no seu joelho dentro do táxi, dizendo que se sente homossexual aqui, desse jeito, em Londres.

É o único lugar.

Ele pintou Genet, sabia.

Diz que era somente você, o único, o único homem por quem Giacometti já se sentira atraído dessa forma, o único homem com quem havia sequer considerado tal coisa.

Com você, ele podia começar a entender. Giacometti diz isso.

———

Uma tarde, quando ele tinha ido ao estúdio, você sentou com um dos melhores amigos dele num bar. Havia um par de coisas que pretendia contar para ele, que gostaria que alguém também soubesse, além de você. Alguns deles preferiam que você não estivesse lá, embora uns poucos gostassem de você.

Você não sabe por quanto tempo ainda consegue conter isso, segurar tudo por dentro.

Você se sentia arrastado para tantos lugares ao mesmo tempo.

Eles pensam que gostariam de ser alguém como você, que você tem sorte, esse corpo vestindo o terno preto.

Você sai da casa vestido assim.

Alguns pensam que você e ele estão se tornando a muleta um do outro.

Ele é um bom investimento, dirão. Ele te dá dinheiro. Eles sabem. Às vezes era duro vê-lo viver a vida que tinha, caminhando naquela corda bamba. Ele continua vivendo assim.

Ele estava num período de muita concentração, pintando seus cinzas e pretos, malvas.

Comprou ternos pretos, os trouxe para casa. Chegam todos empacotados em plástico, feitos sob medida para você.

São para você, todos esses ternos.

Ele quer saber para quem mais você achava que podiam ser.

É claro que são para você. Ninguém mais tem o seu tamanho.

Agora apenas mantenha a boca fechada, para não ficarem pensando que você é um matuto, não é mesmo.

Como você ficou retinho em pé quando ele entrou.

Sobre o que as meninas estavam conversando.

Às vezes ele se dirigia aos garotos como o sobrinho de Jackson Pollock, que às vezes aparece num jantar e outro, um garoto calado que quase nunca abre a boca, como se fossem garotas. Parece depender apenas de serem jovens ou não. Aparentemente, esse é seu único critério para determinar o gênero da conversação.

Alguns amigos dele se encantavam com essas palhaçadas de uma forma constante e pegajosa.

Sobre o que as meninas estavam conversando, hein.

Ele não te dá dinheiro para que você fique de boca fechada, não é mesmo.

Todos sabem que ele se tornou a sua vida, sabem que você é o parceiro dele ou coisa parecida.

Mesmo fora daqueles quadros, você é a vida dele.

Fica mais aparente a cada dia que passa.

Todos estão vendo isso acontecer. Acham divertida a maneira como você se apega a ele a contragosto, eles próprios parecem não ver.

Você sentou no sofá com Lucian Freud, num outro quadro. Ele nunca pinta você, não Lucian Freud.

Vistos juntos, a forma como ele te posiciona, o que será que Bacon pretende que você signifique. Quem você deve ser, ter sido.

———

O ano era 1964, 1971.

Foi num hotel, em Paris.

A linha seria deslocada.

Havia uma luz subindo até o quarto dele e você trancaria a porta ao entrar.

Essa linha tênue ia ficando cada vez mais deslocada à medida que seus pensamentos vagavam, refletiam a realidade, mais ou menos.

Um pouco mais adiante, essa linha de lógica vai se curvando.

Deixe acontecer.

Você cede espaço a eles, aos seus pensamentos.

Cada vez mais perto da sua própria morte.

Você passou perto da água no banco traseiro do carro de outra pessoa, não o carro dele, escutando aquele eco dentro do ouvido.

Você sabia, de tempos em tempos, que repetia esses gestos somente para ele, por ele, esses golpes, flexionando, depois gingando de acordo, reprimindo reflexos mais imediatos.

Você trocava socos com a própria história, a sua história com ele, tentando não ser atingido em cheio pelo que sabia a respeito de vocês dois, como você e ele se abraçavam bem fora do ringue da cama, ou não.

O que levou a uma voz de autoridade.

Já são quatro anos.

Haveria uma mostra. Seria em Nova York. Ele quer que você vá.

Você iria perambular pela galeria tentando entender, em meio aos quadros, em meio a você.

Tudo que lembrará mais tarde, imediatamente, é o modo como se agarrou ao guarda-chuva preto que trouxe por acaso e a maneira como se podia depreender alguma coisa, ler alguma coisa no modo como você o segurava nas mãos, com força, uma escora, uma muleta para te manter inteiro.

Na memória, ele sorriu do outro lado do salão.

O ano era 1968.

Em 1986, inclusive, você ainda estará pendurado nas paredes, na cabeceira das camas, em salas de espera, em salas de estar. Os quadros ficam pendurados. Um quadro seu.

Quando foi que esse ficou pronto.

Veja o ângulo do seu pé ali, olhe só isso, o pé. Eles focam nisso, nesse e naquele detalhe, durante a mostra. Só aquele detalhe já diz tanto. Todos dirão isso. Ele concordará. Na representação, funciona quase como se fosse um clube.

———

Você ficará dez dias em um hotel qualquer.

Ele queria ter todos os amigos próximos por perto.

Tinha estado fora, resolvendo coisas, mas queria te trazer, te ter por perto.

Parte deles sempre o acompanhava. Alguém estava tirando mais uma foto, para fins de posteridade, e por sua prosperidade.

Essa é a história.

Os amigos dele aparecem.

Olha só quantas fotos.

Estão oferecendo mais um show a ele. Ali tudo ressurge. A ideia da sua morte, pairando, não o demoverá. Ele seguirá em frente. Haverá somente um pouco mais de esforço, segurar a cabeça dele, do que o exigido antes, olhar em volta dele, olhar por toda a volta, ali onde outrora você teria estado.

É tudo pela arte, só a arte dele.

Equilibrar.

Tenha isso em mente.

Como tudo se amenizava um pouquinho quando posto atrás de um vidro.

Tente manter isso na sua cabeça, na sua mente, para que não te dê nos nervos. Aquelas sombras estão ali, te cercando por toda parte, a sombra dos grandes anéis de metal, das pernas da cama, da cama. Oscilando por cima dele, através dele.

É tudo dele. Ele te despeja de dentro dele, te projeta. Tem o privilégio garantido, como criador, de te dar ou não um nome, de te tornar ou não abjeto.

Era assim que você podia se ver através dele.

Você está chegando no hotel, seu nome no registro do hotel, o seu quarto.

O que você era para ele.

O que você reconhece nele, um no outro, o que ele reconhece em você, é uma dimensão em comum, uma suspensão, um movimento interno à frente, sempre que um de vocês contornava o outro em silêncio, a imobilidade, se medindo, você despindo o seu destino individual, ele despindo o dele.

Embora ainda seja um retrato seu, é também um retrato dele, um retrato de vocês dois misturados ali.

Ele está te colocando num recorte de tempo, em compartimentos históricos.

Isso aqui era as suas costas, e isso aqui era as suas costas, foi, uma vez.

Você estava tentando se agarrar a esses fatos, os fatos dele, lutando cada vez mais.

Esse era o seu corpo no entender dele, e é como você passará a reconhecê-lo.

Qual foi o seu dano individual.

Ele retorna a isso, na tinta, pintando a água agora preta. A água ganhava formas, golfando, e nuances.

Você retornaria em diferentes formas no decorrer da vida dele, tarde da noite.

Você ainda não terminou para ele.

Adivinha onde você estava agora.

Ele pinta, pinta, continua pintando.

Nenhum comentário a seu respeito.

Ele ainda não sentia que tinha te capturado por completo, te exaurido.

Todas as suas percepções, elas tinham começado a se borrar, cada vez mais, nos movimentos do tempo dele.

Você próprio residia em algum ponto fora do quadro propriamente dito. Estava sempre em algum lugar ali atrás, ali dentro, ao redor de todos aqueles detalhes do fundo, ainda mais escuro.

Ele decifra você, uma leve mudança se instalando.

Você precisa aprender a se enxergar.

É quase a última vez que o verá.

Você está correndo pelas ruas de Londres.

Está chegando despido, desfeito junto dele, tentando acompanhá-lo.

Para encontrar aqueles últimos traços de si mesmo, o que poderá restar, o que restaria. Você precisa se desfazer mais com ele, junto dele.

Ele acredita.

Ele te carrega ainda mais dentro, acima, fora, te moldando.

Onde, como você vai parar.

———

Algumas noites, ainda, você se sente novo nisso, uma ascensão nua que cresce à medida que você se despe para ele em Londres.

Na parede há uma cicatriz, uma pintura sendo preenchida, uma palpitação, a sua boca abrindo, como, e se ela pudesse ser preenchida agora, toda molhada de hálito, movimentos entre os seus dentes.

Ele te vira de frente para a parede.

Você move a boca ao redor de um ponto, os pensamentos saindo como luzes, tudo sensação agora, sensorial. A sala está congelante. Seu hálito cor de opala espiralada.

A noite se derrama ainda mais em movimentos, conectando uma fileira de pensamentos, a circulação de como você veio parar aqui com ele, quantos passos foram.

Quantos passos ele deu atrás de você, e você se inclinando de volta a ele, de tempos em tempos.

Seus cigarros tinham acabado horas antes. Ele te encontrou num bar.

Como você veio parar aqui, o peso do seu corpo contra o dele, ele te provocando, te virando para ter mais acesso a outros lados, para te arranhar, seus dentes recortando o ar.

Por que ele quis, aqui, que você torcesse a boca dessa maneira.

Eram noites em Londres, noites na rua.

Ele quer que você mostre a ele as suas cartas, te pressionando.

Dirão que você foi uma má influência.

Dirão que você o influenciava, mas ele sabia o que queria, sempre soube. Antes de você, ele ficou anos sem pintar, com aqueles outros que te antecederam. Houve outros, outros como você, mas nenhum que o transfigurasse a tal ponto, seja por que razão, que o ocupasse por tanto tempo, que pudesse destravar a tendência autodestrutiva à qual ele já era inclinado, sempre fora. Ninguém tinha culpa.

Entrando pela porta de um bar, cambaleando, alguém pergunta a ele o que ele acha de Balthus.

Todas aquelas linhas sinuosas, Balthus já disse de Bacon.

É como ver os trilhos do trem do alto de uma ponte.

Lá fora, nuvens de frio.

Lá fora, a neve fica avermelhada sob as luzes. Cavalheiros norte-americanos vieram aqui a trabalho. Alguém está comprando mais um retrato seu.

Havia tempos e tempos. A vida dele era essa ida e volta aleatória entre o estúdio e o bar, onde alguém exige dinheiro de você agora.

Ele toca nas chaves que guarda no bolso.

Ele paga o seu aluguel, te dá um lugar também.

———

Você já mal consegue se reconhecer.

Aquele é para ser você.

Ele não irá se conter.

Não dificilmente.

Você entra num dos bares. Se aproxima dele.

Tudo que eles queriam, eles todos, era entender o que você podia significar para ele. Você percebia isso, todos os amigos dele.

Você está bêbado.

Todos te olham como se esperassem que você fosse puxar uma navalha a qualquer instante. Você já contou vantagem antes sobre quantas pessoas agrediu.

Você poderia dizer algo.

Não sabe como agir.

Eles prestam atenção nisso, se oferecem com satisfação e pompa para te oferecer alguma coisa, encher o seu copo.

Você queria alguma coisa.

Você é o espetáculo.

Eles estão pregados no lugar.

Mais um brandy para tentar tirar você do sério.

Querem saber se você já precisou matar alguém.
Querem saber.
Já precisou.
Gostam de dar uma boa risada às suas custas de vez em quando.
Ele te chama de garotinho em tom de deboche.
Você prende as mãos dele atrás das costas, forçando-o a sair na sua frente pela porta.
Quem é o garotinho agora.
O que um homem via ao encarar o copo de cerveja.
E se você na verdade nunca tivesse feito nada do que diz, nunca nada mais sério que bater algumas carteiras, umas briguinhas.

Ele continuava acordado, acordado no outro quarto, andando, folheando suas revistas, livros, procurando uma imagen que lhe diria alguma coisa, que gostaria de rasgar para guardar, imagens fortes que lhe serviriam para ilustrar alguma coisa, algo a mais, se trazidas a outro contexto, indescritível.

Quem seria um dia capaz de enxergar o todo, isso que você começava a identificar aos poucos como a sua vida, cada dia mais um pouco.

Ele está se revirando, se revirando atrás de você, joelhos encolhidos quase até o seu peito.
Não há intenção implícita na forma como o seu braço imita o dele que se ergue.
Olha só vocês dois ali juntos, finalmente, felizes.
Poderiam dizer isso de você.

Como ele abria as suas omoplatas.

Como ele lembraria de você ali depois que você tivesse partido, puxando uma cadeira da mesa para você.

———

Ele estica os braços em direção ao quadro à sua frente, acrescentando um pássaro, talvez um guindaste, num dos cantos, observando você ser recolhido na tela da pintura.

Está definindo os limites de um recinto.

Suas roupas removidas propiciam um contraste.

Você poderia ser chamado de caso único, um santo, uma raça exótica.

Você era uma assombração vista em toda parte, sustentada pelo terno que vestia.

Todos seriam em algum ponto convidados a patrocinar.

Sua gravata era preta.

Há uma sombra mais escura descendo pelo seu queixo, sob os calcanhares, saindo de baixo dos seus sapatos, emanando de você.

Você estava examinando as suas últimas noites agora, perdido.

O ano era eterno.

Quando ele volta a tentar tomar conta de você, você pensa que ele começou a te inventar.

Há um espelho ou há um quadro.

Você nunca finge desejar nada além disso, ou nada menos.

Há pontos cegos como esses em qualquer vida, eventualmente.

Você se sentia solitário naquelas tardes e manhãs bem cedo, esperando ele terminar de trabalhar ou passar tempo com os amigos, esperando a próxima festa à qual ele te levaria, ou ficando tão bêbado que ele precisava te levar para casa.
Quando ele entrava você ficava em pé.
Tentava pagar uma bebida para ele.
Não o faça rir.
O dinheiro é dele.
Ali estava você, no mesmo bar de novo, o mesmo velho bar.
Havia um fotógrafo que gostava de você, gostava de te provocar. É um dos que estão sempre ali com Bacon.
Bebida de graça para todos.
Estavam todos se juntando ao seu redor.
Ficavam felizes de te ver conversando, felizes de te ouvir falando, sempre que você começava a falar dele, ele, sempre mais dele.

Sabiam a hora que você chegaria lá e sabiam a hora que você provavelmente iria embora, de acordo com o tempo e o dinheiro que te restavam numa determinada tarde. Você espalha tudo em cima do balcão.
Em qualquer ocasião, como nessa, há esse dinheiro.
Você espalha ele todo sobre a mesa.
É você quem paga, cortesia dele.

Lá vai você. Está tudo desmoronando e ele sabe. Você estava jantando certa noite, jantando com um dos patrocinadores dele, e com alguns daqueles amigos que você sentia que te menosprezavam. Você tenta não se sentir muito deslocado no preto do seu terno, nos fundos de um restaurante. É por conta dele, tudo por conta dele.

Você vai pagar as bebidas, insistiu. Ele te deu dinheiro, lembre.

Mas ainda não é uma cena dramática o bastante.

Não para ele. Não para Bacon.

Lembre, você é mais jovem que ele.

Ele te chama de ela na frente deles todos, na cara deles, falando a seu respeito, falando por cima de você, requebrando o pulso ainda salpicado de tinta. Restam vestígios de pigmento branco ali, fixos, grudados nos pelos do braço.

Ele fala em tom desdenhoso. Não escute, não dê importância, nunca dê importância a ela, a você.

Você está vestindo um terno que no fundo não te pertence.

Quem é que manda na carteira.

Conte para eles.

Ele deixou isso se alongar tempo demais, tanto tempo, tempo suficiente.

Os amigos não conseguem se controlar ou reprimir o riso, rindo junto com ele, seus amigos seletos. Por dentro, você está imitando um dos gritos dele, de maneira ainda mais desesperada, embora ele jamais fosse perceber o que se passava bem diante de seus olhos antes que fosse tarde demais.

De qualquer modo, o dinheiro é dele. Você sabe disso.

O trabalho acabou.

Agora não é nada sério.

Agora ele não está trabalhando.

Tudo gira ao redor dele, a conversa do jantar, a obra dele.

Ele ficará contente, te agradecerá, por estar brindando a ele.

Ele ri.

Já tinham mesmo sido quatro anos. Não pareciam quatro anos.

Meu.

É a sensação de alguma coisa te confinando, como um gesto tirado de um quadro dele.

———

Aquela noite você estava indo embora para o hotel onde ele te mantinha hospedado.

Estava voltando para o seu quarto.

Lá fora ele podia fingir, enxergar ali qualquer coisa sombria que desejasse.

Há noites em que ele não consegue cair no sono, toma comprimidos para dormir. Precisa tomar doses cada vez mais potentes. Você os tira da gaveta de remédios onde ele alinha os vidros um ao lado do outro, coisas pequenas, complementares.

Há um maço de notas dentro de um dos seus casacos, ainda ali na sala.

Você está na América quando tenta isso dessa vez.

Toma mais um drinque às custas dele, ainda lá no quarto.

É o seu quarto também.

Você põe todo o dinheiro que encontrou no casaco, nas roupas, nas coisas dele, dentro da sua calça.

Você tomou todos os comprimidos que pôde encontrar e bebeu mais um pouco do uísque.

Estava tentando voltar lá embaixo, tentando achar o caminho para retornar ao local onde ele ainda estaria envolvido em seus joguinhos de anfitrião.

Queria que ele te visse de verdade de uma vez por todas, só uma vez, que partisse dali com você, agora.

Agora mesmo. Simplesmente viesse com você.

Ele te pôs num navio de volta para casa.

É ao lado da porta que ele encontra o seu corpo. Você ainda respira, lá no fundo, debaixo do terno preto amontoado por cima e em volta de você.

Todo o dinheiro dele ainda está no bolso esquerdo da sua calça.

Ele precisará chamar alguns de seus patrocinadores, ver o que eles acham que ele deve fazer com você agora, isso em particular, o que deve fazer em seguida. Quer evitar uma cena a todo custo.

Buscará isso até que seja tarde demais, até que seu corpo tenha finalmente trancafiado aquelas noites no alto da montanha, nas torres de hotel, a luz congelada que vem descendo, ocupando o espaço ao seu redor, e aquela sensação lenta e gradual de degelo pela manhã, todas as manhãs.

Ali, aquele é o seu rosto no espelho.

Você estava prestes a pular da sacada, aquela noite, quando se deu conta do que fazia.

Ia pular.

Ao te fazer descer, ele quer que você prometa isso, prometa, para que você se convença de que aquilo ali não era você, o que você podia ser.

Seja você quem for, quer que te soltem.

Então ele diz que não está nem aí.

Não mais.

———

O que faz um homem despertar para a vida.

O que era possível ele ter visto em você.

No início, deve ter havido algo, mas você não podia mais atingi-lo, não agora.

Deve ter havido algo, alguma outra coisa.

Para que ele precisava de você, realçado diante das luzes da rua, depois subindo, entrando com ele.

Há toda uma frota de outros como você lá fora, mas há apenas um ele.

Você era algo que ele achou que valeria perseguir.

Ele põe isso em movimento.

Foi posto em movimento.

O único dano causado, caso haja algum, será físico, ele está certo disso.

Ele diz para você tirar aquele terno ridículo.

Diz que não deveria fazer nenhuma diferença para você se ele te dá dinheiro ou não. Você sabe disso. É só dinheiro.

Ele ainda não tinha te expulsado.

Pelo menos isso.

Você estava voltando para casa. Poderia ser definido assim. Talvez você tente, começar.

É claro, eles nunca chegarão a dizer na cara dele, mas alguns amigos não entendem o que deu nele, em você.

O que há de errado com ele.

Não iam querer ofendê-lo, mas todos acham que pode ser você. Ele precisa saber. Você pode ser o verdadeiro problema dele.

———

Essa é uma daquelas historinhas paralelas necessárias para explicar melhor o estado em que você e ele se encontravam, mostrar a que ponto as coisas tinham chegado. Ele estava arriscando uma jogada agora, esperando para ver o que poderia surgir, deslocando a boca ao longo e ao redor da mesa, rindo, e ela é um dos vários que levam Bacon a sério o bastante para tentar simplesmente se livrar de você para ele, contratar alguém que resolva o assunto, um serviço.

É somente uma questão de dinheiro, afinal.

Ela é a mulher que tem o marido que seria preso por abusar de escoteiros.

Ela tem uma queda por Francis Bacon, está indo para a cama com Lucian Freud no momento. Pode parecer difícil de acreditar, mas ela conhece alguém que poderia ajudar Bacon a se livrar de você, se ele está mesmo convencido a tirar você do caminho, se está precisando mesmo. Conhece um porteiro de uma boate. Bastaria dispor da quantia certa.

A tentativa de levar isso a cabo resultaria no fim de seu caso com Lucian Freud. É Lucian Freud quem a obriga a cancelar o serviço. Ele estava vindo atrás de você.

É Lucian Freud quem te salvou.

Você nunca posou para ele. Não que se lembre.

Francis Bacon, todavia, ainda gosta dela, ainda é capaz de rir da situação, de perdoá-la.

———

Às vezes, nas pinturas, você era amparado por baixo pela água à medida que as paredes começavam a se dissolver à sua volta, a escorrer de maneira mais fluida, aquelas barreiras entre o dentro, o fora, o aqui, o ali desabando entre a vida e uma derrocada vindoura que você poderá enxergar ali dentro d'água, por baixo d'água. Você acredita que pode estar mais perto de se enxergar desaparecendo de uma vez por todas.

Lá embaixo d'água ele segura a sua mão, naquelas sombras que escurecem.

Vocês estão nadando juntos no meio da noite.

Ninguém mais te veria assim despido, enquanto ele te ajuda, te segura embaixo d'água. Ele está te chamando de trás da sua própria história, que tornou-se aos poucos dele, como a dele. Você está se afogando ali com ele e nele.

Você ia lutar, se recompor, se desmontar. Algo estava faltando. Algo sempre estava. Ele diz que você não tem jeito. Não tem como.

Você ainda está tentando aprender a ser um cavalheiro.

Certas noites você ainda tentava manter as pernas juntas debaixo da mesa por ele.

Os amigos dele não dizem nada.

Vão fazer piada do guardanapo no seu colo, vão puxá-lo.

Ta-da.

Tique-taque. Fort-da.

Estão rindo como hienas, como cachorrinhos de circo, zurrando, censurando, abominando, repreendendo. Só estão rindo porque agora ele quer isso. Estão aprendendo a soar mais parecido com ele, a imitar aquela sua risadinha peculiar.

Essas pessoas, elas alegam, estavam tomando conta dele.

Houve, obviamente, um intruso.

Será que ele sabia o que estava fazendo com você, será que ao menos.

Um cara como você pode até representar um grande risco. Todos eles sabem disso.

Era melhor ele se cuidar.

Olha todo esse dinheiro que ele gasta com você, todo o dinheiro que vai parar no seu bolso.

Vocês dois obviamente não se toleram.

Você vai sair.

Ninguém faz ideia de onde você vai.

Você vai para outro lugar, melhor.

Tá, ele diz.

Você vaga de lá para lá, de cá para cá.

Ele tem uma pequena cabana onde você ficava com ele até acontecerem as brigas que culminavam com suas roupas e coisas sendo despejadas na rua, das janelas, pela porta da frente.

Você as deixará para trás, seguirá em frente, aquelas coisas todas.

Ele te dá uma grande soma em dinheiro para levar, mas será que ele não percebe que será como dar comida a um gato na rua mesmo que uma única vez.

Uma única vez não existia.

Existiam quereres.

Eles nunca esqueceriam.

Havia bebidas por sua conta no bar à noite.

Ele comprará um lugarzinho para você, mas você o venderá. O dinheiro te seria útil.

Pode crer.

Ele está trabalhando em seu estúdio, lá em seu estúdio.

Revisite as reminiscências daqueles primeiros encontros.

Vocês trabalhavam em busca de algo aqui, antes.

O ano era 1964.

Uns caras te seguiam pelas ruas. Vocês pagavam bebidas uns aos outros. Você conhece um lugar para ir, você diz por impulso.

Você adormece no banco de trás do carro deles.

Eles, aquelas noites, não importa qual noite, qualquer coisa, tudo se mistura.

Você ia apenas esquecer que aquele pequeno incidente tinha acontecido, que tal isso. Ele está trabalhando, lá em cima no estúdio dele, o estúdio assomando sobre você.

Você lamenta muito, você diz, subindo os degraus.

Precisa de um lugar para onde ir, ficar.

Alguém quis te levar de carro para casa e você não conseguiu pensar em nenhum outro lugar para ir.

———

Você queria acusá-lo de algo, qualquer coisa. É isso que você quer. Você vai pensar em algo. É só dar o tempo.

Virão pegá-lo onde ele praticamente vivia, em seu estúdio.

Ele desceria as escadas resfolegando.

Tinham vindo prendê-lo agora.

Há acusações de posse de drogas e eles encontrarão um pedaço de cano debaixo das roupas de uma gaveta.

Ele se entregará sem resistir.

Foi você quem o denunciou. A história oficial é que você trabalha para ele. Foi isso que ele disse à polícia, alega não saber nada a respeito do cano, diz que você deve ter deixado ali por engano.

Você trabalhava para ele.

As drogas, elas devem pertencer a outra pessoa. Ele diz que, por ser um pintor famoso, há sempre pessoas entrando e saindo de seu estúdio.

Que vidinha colorida ele levava.

Ele conta a eles que você batia na porta a qualquer hora da noite, diz que você é um bêbado, diz o quanto paga a você, diz que paga um bom dinheiro.

Ele precisa fazer com que a história se sustente.

Diz que não guarda rancor de você, que não te odeia. Diz entender por que você faria uma coisa dessas, chegaria a tal nível de desespero, mesmo com tudo que paga a você.

Diz isso a eles.

Diz que não podia te culpar, no fundo não.

Esperava apenas que você fizesse o mesmo por ele, no lugar dele, que decidisse se manifestar a favor dele, em prol dele, se um dia isso fosse necessário.

Ele sabe que não é o único a ter sofrido nas mãos de um vagabundo como você.

Ele insistirá para que você tente dar cabo da própria vida de novo. Vá em frente. A escolha é sua, é com você. De novo, pegue as suas coisas e dê o fora.

Depois vocês voltarão de novo, depois dele ter ficado lá sentado o suficiente de pernas cruzadas, o jornal, os tornozelos menos dobrados do que deveriam, por menos tempo que deveriam.

É sempre assim, quando você chega em casa.

Você e ele parecem incapazes de viver juntos.

Tentam fingir não saber onde isso vai dar, onde vai parar. Sempre se tenta. Ele continua tentando, e você continua tentando, à sua maneira.

―――

Você e ele iriam a Atenas, de trem, depois de barco, depois ainda mais longe.

Ele está aterrorizado com o que pode acontecer quando estiverem na água, cruzando, no meio caminho até lá, no caminho inteiro.

Você e ele estão hospedados em mais um desses hoteizinhos agradáveis, até que os escândalos recomeçam.

Pedem muito gentilmente que você se retire.

Dessa vez é a gerência.

Ele precisar ser documentado. Está sendo acompanhado por mais um desses fotógrafos.

Agora você e ele brigam constantemente, perpetuamente, na frente dos fotógrafos dele, amigos, admiradores, toda a corte dele, às vezes agindo com extrema petulância. Mas tudo também vai ficando cada vez mais violento.

Significa menos para você quando ele pinta na própria pele a cor de hematomas, o próprio rosto ressentido, nas sombras.

Ele será mais feliz com outro depois de você.

Todos têm certeza disso, os amigos dele.

Você têm certeza que eles dizem a ele que precisa se livrar de você.

Quando entrou no quarto e tirou o casaco, você escutou uma ficha mental cair.

Ele está com medo da maneira como você circula ao redor dele, mas não deixa transparecer.

Está acompanhado de um homem de outro jornal.

Estão escrevendo sobre o que faz Francis Bacon.

Você começa a falar.

Você não vai revelá-lo, as suas cores verdadeiras.

E daí que você não usa as palavras certas.

Ele sabe o que você quer dizer.

Ele se esforça para decifrar as mudanças na sua linguagem corporal, o modo como o clima do quarto parece mudar dependendo do nível do seu autocontrole essa noite.

Você também fez coisas por ele.

———

Que tal se vocês se mudarem para um lugar mais distante, tentarem isso.

Ele acha que talvez possa até pintar num lugar mais distante, mais afastado da cidade.

Uma mudança de ares sempre pode ajudar.

Pode aliviar parte da tensão.

A essa altura, ele está disposto a tentar de tudo.

O que for, ele diz.

Qualquer coisa, a essa altura.

Ele deve ter se importado com você.

Há uma foto sua usando uma das gravatas que ele comprou para você, o modo como a faz deslizar pela mão, dedos, punho, o tecido se amarrotando.

Você podia vestir o seu terno para sair com um dos amigos dele, se embebedar. Ele tem coisas a fazer. Precisa se livrar de você por um tempinho.

Você ficava bonito no seu terno.

As pessoas diziam qualquer coisa e com frequência o que diziam era levado ao pé da letra, dependendo de quem vinha.

O verdadeiro problema agora era que suspeitavam que você gostava de garotinhos.

Agora vão todos estar falando de você.

Você percebe a situação.

Você vai passar um tempo em Tangiers. Ele tinha trabalho a fazer e, de qualquer forma, você está bêbado o tempo todo.

O que você esperava.

Ele não consegue continuar se mantendo tão afastado de você.

Por precaução, ele reservava dois quartos separados para vocês num desses hotéis, mas depois não conseguia manter as coisas assim.

Ele não conseguia ficar sem você.

Ele não está se transformando num romântico agora que envelheceu, está.

Os amigos dele dão risada.

Em voz alta, na frente de todos, ele se pergunta novamente como conseguirá se livrar de você, embora não seja isso que diga no meio da noite.

São todos os dias com os quais você não sabe o que fazer.

Alguns amigos dividiam o mesmo hotel com você, no mesmo corredor.

Pela manhã, ele dava um pouco de dinheiro a você e a um amigo, para passarem o dia. Ele vai tomar um drinque no café da manhã. E você.

———

Você tentou abrir outra janela, pular de outra janela.

Os amigos dele dão risada quando ficam sabendo que ele disse para você ir em frente e pular.

Acabe logo com isso.

Mas chamaram um médico para ver você.

Ele disse para o médico ir em frente e dar cabo da sua vida, vá em frente e dê mais comprimidos a ela, chega.

No calor daqueles momentos descontrolados no quarto dele, aqueles momentos capazes de cegar, ele ainda quer que você entre mais nele.

Continua querendo você cada vez mais ligado a ele.

Continua querendo você, nem que seja fisgando por dentro.

Veja os quadros como ensaios a favor ou contra esses rompimentos.

Você já estava lá, tão perto, já.

Havia tantos retratos seus.

Você tinha uma defensora, uma das amigas dele.

Não te perder.

Você a procura uma noite em que parece que estão todos no seu pé de novo. Ela é uma das únicas que jamais conseguiria chegar a ponto de perdoá-lo, revelará abertamente inclusive que o considera culpado pelo que acabará acontecendo com você.

———

Francis Bacon diz que todo fato deixa para trás um fantasma.

Questione a frase.

Qual a diferença entre ser e deixar para trás.

Por alguma razão, ele está te levando a Paris, te levando lá para o fim, a última inauguração a que você comparecerá. O ano era 1971.

Você e ele vão acompanhados de mais outro fotógrafo. Fotografam vocês juntos. Um homem como ele deve viajar com fotógrafos hoje em dia, dias que serão lembrados e numerados.

É aqui que você morre.

Uma decisão foi tomada.

Havia um quadro dele que te atraía em particular.

Queriam saber qual.

Queriam saber como é quando o seu corpo finalmente se abre, em qual dos quadros isso está espelhado.

Alegam ver uma semelhança.

Depois alguns alegariam que tudo estava acabado, tudo depois desse quadro em particular. Ele está somente se repetindo, ad infinitum, ad nauseam, e a obra era antes tão promissora.

Havia um horizonte no recinto, entre o piso e a base de uma parede.

Seus olhos deslizam até ele.

Há uma linha divisória muito tênue que depois renuncia, despenca, uma linha tensionada ao máximo, até finalmente se render à gravidade.

Quando foi exatamente que você fez isso.

Seu coração bate e bate.

Drogas demais.

Seu corpo é mais do que camadas de pele em certa quantidade.

Tem a sua perna.

Tem você ali deitado no chão.

Como atingia alguém, ele, como.

Não diga que eles não previram isso.

É a última palavra num passeio.

A grande inauguração dele amanhã.

―――

Você sabia que conclusões eles tirariam disso, o que iam tentar dizer agora, essas palavras. Você sabia.

Você deixa seu rastro pelos jornais, virando manchete, registrando agora a sua história.

Ele aumenta a sua importância, e mais tarde a enfatiza.

Fatos se vão, reiterações.

A notícia foi trazida até ele nos degraus de pedra do museu.

Ele não pareceu surpreso.

Nem um pouco.

É isso que diriam, todos que já estavam lá reunidos.

Outros dizem que ele voltou para o hotel, onde o recepcionista lhe dá a informação.

Explique bem essa história.

Ele não pareceu nada surpreso.

Tinham finalmente te levado embora, já. Você estava todo encerrado e aberto.

Você está melhor.

Sabia o posicionamento que era esperado de você.

Ocorreu a você.

Diriam que isso o mataria, mas que continuem dizendo. Você faria essa concessão a ele e a eles.

Como será que você se sente agora, não sentindo nada. A ausência às vezes é uma lenta dilatação, grande demais para que se siga tentando contornar.

É aquele eco que não cessa, uma sensação como se algo tivesse sido arrancado inteiro dele. O odor dos velhos bares de sempre, as toalhas ao lado da pia, numa manhã qualquer.

As verdades de fato o cercam, o mantêm equilibrado numa beirada, dando mais uma olhada, uma última olhada, antes que seja tarde demais, agora, para continuar enxergando, à medida que ele abre os olhos cada vez mais arregalados, arrebatados.

É aqui que você morre, nos olhos dele.

O local seria apenas um detalhe técnico.

Olhe atrás de você.

Veja você e ele se emaranhando num espelho, seus membros embaraçados nos dele, e então o começo daquele embate corporal com línguas, definindo.

Não há ninguém, não mais, nenhum você.

Dava para ver isso em todas as imagens de você que ele faria mais tarde, te multiplicando, embora o considerassem tão pessimista.

Ele se preocupa.

Tem tanto medo do dia em que ele próprio partirá.

Desnecessária qualquer citação filosófica.

Não agora.

Refrão, pensa, mito.

Isso faria ele gritar por dentro, a ideia do último passo a ser dado, circulando constantemente.

———

Naquele ano, é possível que ele ainda se importasse com você.

Pode ser.

Ainda assim, por que ele quis te receber, ainda assim.

Estão prestando uma homenagem a ele.

Você fica o tempo todo sem beber. Ele não saberá por onde você anda.

Quando exatamente ele fica sabendo, ele ainda não tem certeza, por um momento.

Encontram o seu corpo.

Alguém encontra, no hotel, banheiro.

Como exatamente ele se importava com ele, com o seu corpo.

Como exatamente ele optou por te enxergar ali, naquele e em nenhum outro.

O que exatamente importava além disso, essa acumulação num inchaço final de todos os movimentos, suas pálpebras que não iriam mais piscar.

Não iam querer que você se intrometesse no caminho, não o seu corpo, não exatamente.

Ele te repartiria ao longo do tempo, condenado a uma progressão, longe de qualquer arranjo definitivo.

———

Agora um dia ele deixaria de pintar você para pintar essas pessoas que o ajudam a seguir em frente depois de você.

Vão te substituir.

Enquanto pinta, ele tentará identificar o que ameaça a sua estabilidade como figura.

Você se manifesta nesses detalhes, quanto mais intenso melhor, ele chegou a pensar.

Depois de você, ele tenderá a encontrar alguém ainda mais entregue, ingênuo, que se delicie com o papel, alguém que entrará cada vez mais longe dentro dele, sem questionar nada.

Ele não dirá nada.

Você sabe.

Você poderia ter visto.

Ele te substituirá mais adiante na vida com qualquer outro, alguém mais jovem, sem educação.

Outro veste um terno mais azul e com sombras mais densas, em outro quadro. Como você deve ter sentido que o seu lugar sempre poderia ser preenchido. Os dois combatem, talvez mais pacificamente.

Críticos encontrarão uma relação.

Qualquer um podia ver que aquele não era você, não naquele próximo par de quadros que ele pintará. Ele é mais bonito. As luzes são verdes, amarelas, mais densas. Ele começou a ver outro, no quarto, no seu lugar. As roupas de outro são removidas, de um painel, um fundo, para o seguinte.

Havia outro lá em cima no estúdio dele.

O piso estava coberto de detritos de você, você.

Você ainda estava, de certa forma.

Com o passar do tempo, você se tornaria uma fonte não confiável.

―

Uma noite, já estão escrevendo o obituário dele. Você será lembrado. É claro que será.

É claro que é.

Todos os vigaristas o cercam agora no tardar das noites e no início das manhãs, nos bares.

Ele está mal das pernas, não quer que eles sejam tão espertos, nunca quis que fossem tão espertos.

O que é aparente.

Não havia nada mais que ele pudesse ter feito por alguém como você.

O que servisse de incentivo para a próxima frase.

Você teve os seus momentos.

Quem está interessado.

Você sempre tentava ser educado.

Você foi útil, por um tempo, à sua maneira.

Ele fica falando de novo em você.

Você chegou tão perto quanto poderiam te permitir.

Faz eras que você vem silenciosamente fugindo ao alcance.

O que ele tinha com você estava encerrado.

É claro que isso o afetou.

É claro sim.

A vida o cerca agora.

Alguém no bar seria cruel o bastante para se aproximar e dizer.

Ele não te amou o suficiente.

Ele é quem havia te matado, se livrado de você, todo você, um por um, à medida que as ocasiões se tornavam precedentes, de um jeito ou de outro.

Alguém precisava tomar o cuidado de proteger o próximo você, o próximo, proteger melhor.

Ele enterra um corpo num lote. Será que um nome, mais informações, ajudariam a entender mais, com mais clareza.

É uma questão de perspectivas, à medida que ele tenta aproximar o seu modelo disso, sua existência de uma ficção, vai se dedicando mais à imagem que se pode passar aos outros. Deve haver uma conexão a ser feita.

Na escuridão da casa que agora inunda tudo ao redor deles, seus traços faciais se fundem. Ele traz alguém para casa como uma flor colhida, encontrei essa quando estava saindo do parque. Há o chão molhado perto da banheira, depois do banho.

Ele é o que segura nas mãos, embaixo, sob, coloca sobre o peito, coração, no colo. Ali. Melhor.

Um hasteamento embaixo e no meio, lábios ainda quentes, pernas apertadas em volta desse ter sido colhido.

Uma noite muda tudo e o mundo acaba para cada um deles.

Ele estava no bar conversando com um cara que lembrava alguém que ele conheceu e tinha morrido, um rapaz cuja foto ele de certa forma nunca soltou da mão em sua mente, mesmo quando começava a investir num outro.

Olhe essas emolduradas. Num certo ponto desse silêncio, não se podia mais dizer se a distância estava aumentando ou sendo transposta.

Pode ser melhor avançar rumo ao toque, fazer uma pele tremular. Diga alguma coisa. Qualquer coisa.

Era possível parecer frio, incapaz de sentir o bastante pelos outros, conforme se desviava por cima dos reflexos, à noite, no escuro de uma cama, o que se deveria estar pensando, poderia ser, como se havia tentado.

Acabamos conhecendo o que desejamos enxergar.

Uma parte se vai.

O que se pode comentar, no fundo, quando você consegue imaginar apenas como teria sido com você.

As sombras ganham forma e peso à medida que se afastam de alguém, se deslocam pela sala na qual ele pinta, cortinas fechadas para escurecê-la um pouco, enquanto ele tenta tirar todo aquele passado fora da cabeça, sentir isso aqui agora, como pode estar tudo pronto por ora, transitando para outras mãos.

Volte da janela.

É preciso tentar evitar que essas ondas por dentro tomem conta, aguardando noutra sala, para ficar mais em paz com a natureza do estar aqui. Chegando mais perto um do outro, aquecendo rostos de pedra até que adquiram a tonalidade real da pele. Um dia você talvez encontre motivos bons o bastante, histórias boas o bastante para se sentir tão isolado, tão remoto, distante, a própria vida.

Este livro foi composto com tipografia Bembo e impresso em papel Chamois Fine Dunas 80g. na Del Rey Gráfica e Editora.